KB114701

재벌닷컴
chaebol.com

재벌 닷컴 6

매검향 장편소설

초판 1쇄 찍은 날 § 2018년 2월 21일
초판 1쇄 펴낸 날 § 2018년 2월 28일

지은이 § 매검향
펴낸이 § 서경석

총괄팀장 § 최하나
편집책임 § 신보라
편집 § 이선근

펴낸곳 § 도서출판 청어람
등록번호 § 제387-1999-000006호
등록일자 § 1999. 5. 31
어람번호 § 제1-2855호

주소 § 경기도 부천시 부일로 483번길 40 서경B/D 3F (우) 14640
전화 § 032-656-4452 팩스 § 032-656-4453
http://www.chungeoram.com
E-mail § chungeorambook@daum.net

ISBN 979-11-04-91657-1 04810
ISBN 979-11-04-91501-7 (세트)

6

매검향 장편소설

FUSION FANTASTIC STORY

재벌닷컴

chaebul.com

도서출판 청어람

재벌닷컴
chaebol.com

목차

CONTENTS

제1장
필생의 숙원 사업 Ⅱ

록히드사와 협상에 돌입한 미국 총괄 법인 팀은 지루한 협상 끝에 33%의 지분을 확보하는 데 성공했다.

　그러나 록히드사의 언론 발표는 한국으로 넘어간 마리에타를 록히드사가 지분을 주고 합병함으로써 기밀이 국외로 새는 것을 미연에 방지했다는 내용이었다.

　어차피 주주 구성 등재 상황을 보면 드러날 일이므로 결과에 만족하고 태호가 이를 용인했기 때문에 그런 보도가 나간 것이다.

　아무튼 이로써 록히드사는 정식으로 '록히드—마틴 주식회사(Lockheed—Martin Corporation)'로 개명했다.

위의 이름에서 알 수 있듯 록히드—쓰리 윈이 아닌 마틴을 사용하게 한 것 또한 자꾸 언론에 오르내리는 것을 피하고, 가급적이면 SW그룹이 외부로 드러나지 않게 하기 위한 태호의 고육책으로 인한 승인이 있었기 때문에 가능한 일이었다.

그로부터 10개월이 흐른 10월 10일.

이건상의 예측대로 미국 연준은 그동안 두 차례에 걸쳐 금리를 인하해 사상 최대 초저금리인 0.5%까지 금리 인하를 단행했다.

이에 만반의 준비를 하고 있던 이건상 팀은 미국 시장에서만 1,000억 달러 채권 발행에 성공했다. 그것도 10년 만기 장기채로 가산금리 5BP(Basis Point)가 적용된 상태로.

이는 세계 3대 신용평가기관인 스탠더드 앤드 푸어스의 등급 기준으로 가장 높은 것에서부터 따져 AAA에 이은 두 번째 등급인 AA+를 SW홀딩스가 평가받고 있기 때문에 가능한 일이었다.

따라서 10년 만기채에 적용된 금리는 55bp가 되었다.

즉, 0.55%의 초저금리로 미국 시장에서 1,000억 달러를 조달하는 데 성공한 것이다.

아무튼 태호는 이 외에도 SW홀딩스에 축적되어 있는 700억 달러의 자산까지 충분한 실탄을 확보한 상태에서 비밀리에 이스라엘로 입국했다.

이스라엘 최대 도시 텔아비브에 도착한 태호는 일행을 이끌고 그곳에서 동남쪽으로 25㎞ 떨어진 소도시 로드로 향했다.

이곳에 이스라엘 최대 방산(防産)업체 이스라엘항공산업사(IAI)가 위치해 있었기 때문이다.

아무튼 태호 일행이 이곳에 도착하니 소총을 들고 경비를 서고 있던 흑인 유태인이 큰 소리로 물었다.

"어떻게 오셨습니까?"

"한국에서 이곳 사장을 만나러 왔소. 통보가 안 되어 있소?"

정 비서실장의 대답에 그 유태인이 답했다.

"우리는 그런 거 모릅니다. 일단 들어가시려면 몸수색을 받아야 합니다."

말이 끝나자마자 이치가 다짜고짜 몸수색을 하는데, 태호가 보기에 국제공항보다 몸수색이 더 엄격했다.

아무리 보안 때문에 하는 몸수색이라지만, 사전에 약속이 되어 온 손님에게까지 이러는 것을 보니 공연히 화가 치민 태호가 막 돌아가자고 외치려는데 빠르게 다가오는 승용차가 보였다.

이에 태호가 멈칫하는데 다급히 승용차에서 내린 한 사람이 외쳤다.

"무례하게 굴지 마시오!"

이에 유대인 경비병이 머쓱한 표정을 짓는데 빠른 걸음으로 다가온 사십 대 후반의 덩치 큰 사내가 물었다.

"어느 분이 김 회장님이신지요?"

"나요."

태호가 앞으로 나서자 그 사내가 털투성이 손을 내밀며 자신을 소개했다.

"내가 에르가르 케레트(Ergar Keret)입니다."

"아, 반갑습니다."

태호는 종전의 일을 잊고 팬 아메리칸항공의 여승무원보다 유연한 상업용 미소를 짓고 에르가르 케레트(Ergar Keret) 사장의 손을 잡고 힘차게 흔들었다.

악수가 끝나자 그가 손을 안쪽으로 가리키며 말했다.

"들어가실까요?"

"그럽시다."

곧 둘은 케레트 사장이 타고 온 승용차에 올라 안으로 들어갔다. 그러자 나머지 수행원들도 각자 타고 온 승용차에 올라 그 뒤를 따르기 시작했다.

곧 사장실로 들어간 두 사람은 한동안 담소를 나누며 화기애애한 분위기를 연출했다.

그러고는 곧 요식 행위인 협정문에 각각 두 번씩 사인을 하고 한 부씩 계약서를 나누어 가졌다.

실무 선에서 이미 다 결정이 난 일로 태호는 금번에 SW홀딩스 출자 형식으로 이 회사에 100억 달러를 출자해 50%의 지분을 획득하고 공동 경영을 하기로 했다.

이는 서로 승자가 되기 위한 게임이었다.

이들도 SW홀딩스의 자회사인 쓰리 원이 세계 최대 방산 업체 록히드마틴의 지분 33%를 소유한 것을 알고 있었고, 태호가 이 회사를 통해 노리는 것은 지금껏 축적된 이 회사의 기술력도 기술력이지만 미국이 이스라엘에 베푸는 호의를 믿는 것도 있었다.

미국 경제계에 광범위하게 퍼진 유대 자본 때문에 미국은 항상 이스라엘 편을 들고 무기 판매에서도 많은 혜택을 줘온 것은 세상 누구나 아는 주지의 사실이다.

따라서 태호는 미국 군사 기밀에 보다 가까이 가기 위한 한 방편으로 이 회사와도 금번에 협업을 진행하기로 한 것이다.

사실 이 회사 자체만으로도 굉장한 회사였다.

지금은 무기 시장에서 그렇게 유명한 업체라 할 수 없지만, 훗날에는 세계 최대 군사용 드론 판매 업체 중 하나가 되는 것은 물론, 아이언 돔과 같은 다층 방어용 요격 미사일을 개발함으로써 세계 유수의 방산 업체가 되기 때문이다.

아무튼 이로써 또 하나의 장래 촉망받는 방산 업체와 손을 잡는 데 성공한 태호는 곧장 귀국해 SW홀딩스로 하여금 100억 원을 출자해 SW테크−원이라는 방산 업체 하나를 설립하도록 했다.

그리고 해가 바뀐 1996년.

태호가 고대해 마지않던 해가 돌아왔다. 태호는 곧 수행원을 이끌고 미국으로 날아갔다.

쓰리 원의 보고에 의하면 새해 벽두부터 또 하나의 거대 방산 업체의 M&A 시장이 열렸기 때문이다.

이번에 시장에 나온 것은 맥도넬더글러스사(McDonnell Douglas Corporation)였다.

이렇게 미국의 방산 분야 거대 기업들이 줄줄이 M&A 대상으로 나오는 것은 91년 동서양 진영의 냉전이 종식됨에 더 이상 많은 군비를 지출할 필요가 없는 데다, 93년 경제 분야에서도 실용성을 중시하는 클린턴 행정부가 들어섬에 따라 군비를 대폭 축소했기 때문이다.

이에 따라 적자를 견디지 못한 기업부터 차례로 쓰러지는 순서를 밟고 있는 것이다.

그런데 이번 M&A 건의 문제는 보잉사가 공공연히 맥도넬더글러스사의 인수를 선언하고 나선 것이다.

지난번에 마리에타를 소리 소문 없이 록히드에 빼앗겼다고 생각한 보잉사가 내가 침을 발랐으니 이번에는 참아달라고 대내외에 선언한 것이나 마찬가지였다.

그러나 전생이나 이생이나 변변한 전투기 하나 못 만드는 대한민국의 현실 앞에서 이번 생만은 무슨 수단을 쓰던지 스텔스 전투기 정도는 자체 제작하겠다는 생각에 태호는 보잉사의 선언에 전혀 관계치 않고 달려들었다.

그 결과 140억 달러를 제시한 보잉사를 제치고 150억 달러를 써낸 쓰리 윈이 매각 우선 협상자로 선정되었다.

이에 미국 조야가 깜짝 놀라 뒤집힌 가운데 맥도넬더글러스사와 협상에 임하기도 전에 태호에게 클린턴으로부터 직접 전화가 걸려왔다.

이에 할 수 없이 태호가 백악관의 집무실로 찾아드니 클린턴이 격하게 반가워하나 태호로서는 그의 의중을 꿰뚫고 있기 때문에 내심으로는 별로 반갑지 않았다.

그러나 세계 최강국의 대통령이 포옹하며 크게 환영하는데 떫은 표정을 지을 수 없어 의례적으로 상업용 미소만 지으며 그를 응대했다.

클린턴 또한 태호의 심사를 눈치챘지만 아랑곳없이 양인이 대좌하자마자 굳은 얼굴로 입을 떼었다.

"친구는 참으로 사람을 곤란하게 하는 재주가 있군."

"무슨 말입니까?"

"몰라서 묻소? 다른 것은 몰라도 방산 분야의 기업만은 군사 기밀 보호 차원에서라도 외국인 기업에는 넘길 수 없다는 것을."

"쓰리 원이 어찌 외국인 기업입니까? 엄연히 미국 법에 의해 설립된 미국 본토 내의 기업인데요. 그 회장도 전 국무장관 조지 슐츠이고요."

아나나 다를까, 이번에도 클린턴이 제동을 걸고 나오자 태호는 억지라도 쓰는 심정으로 그에게 따지고 들었다. 그러나 클린턴도 만만치 않았다.

"요는 그 자본의 주체가 어디인가 하는 것 아니오?"

"승복할 수 없습니다. 그렇다고 우리가 군사 기밀을 타국으로 빼돌리는 것도 아니고."

"허허, 거참……."

난처한 표정을 짓던 클린턴이 도저히 안 되겠는지 이번에는 달래는 투로 말했다.

"다른 기업도 많은데 왜 하필 방산 업체 M&A에 뛰어들어 나를 곤란하게 만드는 것이오. 그것 말고도 인수할 기업이 많을 테니 다른 기업을 한번 찾아보시오."

"그렇게는 안 합니다. 어찌 되었든 인수를 하고 정부의 승인을 기다리겠습니다."

"내가 이렇게 말하는데 결과를 몰라서 정부의 승인을 기다리겠다는 말이오?"

"네, 각하!"

이번에는 태호로서도 믿는 구석이 있었으므로 강경하게 자신의 소신을 관철해 나갔다.

그러나 이어진 클린턴의 말은 완전 강요였다.

"괜히 시간과 돈 낭비하지 말고 김 회장이 손을 떼시오. 내 할 말은 여기까지. 식사나 하고 가시오."

"아닙니다. 오기 직전에 먹고 왔더니 아무 생각이 없습니다."

오늘도 마침 점심시간 무렵에 들어온 관계로 오찬이나 함께하자는 클린턴의 제의를 태호는 무례하게 뿌리치고 백악관을 그냥 나와 버렸다.

그리고 곧 뉴욕 사무실로 돌아온 태호는 기자회견을 자청해 자유의 나라 미국에서 불공정한 경제 행위를 해서는 안 된다는 밑도 끝도 없는 말을 했다.

그리고 만약 보잉이 맥도넬더글러스사를 인수하게 되면 전 세계 항공 시장을 보잉이 장악할 게 불 보듯 환하므로 독과점 기업에 해당될 것이다. 따라서 인수 의사 자체를 철회해야 한다고 주장했다.

이것이 불씨가 되어 유럽 각국의 언론 및 정부도 더 이상 보잉의 맥도넬더글러스사의 인수를 좌시하지만은 않겠다고 떠들어대기 시작했다.

그러자 클린턴은 한 수 더 떴다.

반대하는 국가에 대해서는 슈퍼301조까지 들먹이며 경제 보복을 하겠다고 으름장을 놓은 것이다.

그러자 유럽도 전 유럽이 단합해 한 항공사를 출현시킬 것이며 무역 전쟁이라면 감수하겠다는 의지를 피력했다.

만약 무역 전쟁이 벌어진다면 유럽만 피해를 보는 것이 아니라 미국도 그에 상응하는 보복을 당할 것이라고 맞서면서.

이렇게 일이 꼬이자 당황한 클린턴이 하루는 태호는 물론 보잉사의 회장을 자신의 집무실로 불러들였다.

그런데 그 시간대가 오늘도 12시 정각으로 점심때였다. 이에 태호가 내심 투덜거리며 집무실로 걸어 들어갔다.

"조상 중에 점심 못 먹어 굶어 죽은 조상이 있나. 왜 매번 점심때 부르는 거야?"

한국말이니 누가 들었다 해도 알아들을 사람도 없으므로 소리 내어 투덜거리며 대통령 집무실로 들어서니 보잉사의 회장 필 콘딧(Phil Condit)이 먼저 와 기다리고 있다가 태호를 빤히 쳐다보았다.

이에 태호는 그의 시선을 무시한 채 클린턴과 인사를 나누고 그가 권하는 의자에 앉았다.

그러고 보니 클린턴을 중심으로 두 사람이 마주 보는 자세였다.

아무튼 클린턴이 거두절미하고 자신의 생각을 말했다.

"맥도넬더글러스사를 따로따로 분리해서 각각 인수하시오. 보잉은 방산 분야를 인수하고 쓰리 윈은 민수 항공 분야를 인수하는 것으로 정리하고, 말썽 많은 이번 건을 끝내 치웁시다. 보잉 회장부터 의견이 어떤지 말해보시오."

"그, 그게……."

회장에 오른 지 며칠 되지도 않아 이런 난제에 부딪친 필 콘딧이 결단을 내리지 못하고 우물쭈물하자 클린턴의 시선이 태호에게로 향했다.

"당신의 생각은 어떻소?"

"저는 찬성입니다."

이번에는 다시 클린턴의 시선이 필 콘딧에게 향했다.

"들었소?"

"네, 각하."

"어찌하시겠소?"

"이사회를 열어봐야겠으나 제 개인적인 의견으로는 찬성입니다, 각하."

"좋소. 그렇게 하면 보잉사가 독과점이니 뭐니 하는 말도 안 나오고 또 쓰리 윈으로서는 군사 기밀 사항에 저촉되지 않으니 서로 윈윈 게임을 하는 것이오. 나 또한 이 시끄러운 국면을 조기에 진화해서 좋고."

"감사합니다, 각하."

"하하하! 김 회장, 이제야 감사하다는 말이 나오는군요."

"오늘 점심은 아주 맛있을 것입니다, 각하!"

그렇게 말하며 태호는 내심 소리쳤다.

'종전의 말은 취소다, 최소!'

어찌 되었든 태호와 클린턴이 확정된 사안인 양 몰아가자 금년 62세의 필 콘딧으로서는 적잖이 당황하며 어떻게 처신해야 될지 몰라 전전긍긍했다.

아무튼 이렇게 되어 맛있게 오찬을 즐긴 태호는 그 후의 결과도 좋게 나와 매우 기뻤다.

보잉도 클린턴의 의사를 수용하고 양 사가 합동으로 정밀 내사를 실시한 결과 맥도넬더글러스사의 군수 분야는 보잉이 80억 달러에 인수하게 되었고, 쓰리 윈은 민수 항공 분야를 65억 달러에 인수하는 쾌거를 이루게 되었다.

*   *   *

인수가 끝나자마자 태호는 맥도넬더글러스사 미주리 주 세인트루이스 본사에 체류 중인 해리 스톤사이퍼(Harry Stonecipher) 회장을 전화로 불러 말했다.

"나는 당신을 재신임하기로 했소. 그러니 산타모니카 공장 으로 오시오. 시각은 내일 정오까지요."

—알겠습니다, 회장님.

그의 대답을 들은 태호는 곧장 전화를 끊고 잠시 그의 이력에 대해 생각했다.

우리 나이로 금년 57세인 스톤사이퍼는 테네시공과대학교 물리학 학사 출신으로 처음 제너럴 모터스에 입사해 1979 제너럴 일렉트릭 부사장, 1994 맥도넬더글러스 최고경영자에 올라 오늘에 이른 인물이었다.

아무튼 그에게 지시를 끝낸 태호는 쓰리 원 3인방은 물론 전 수행원에게 내일 11시까지 LA에 도착하는 데 지장이 없도록 미리 준비할 것을 지시했다.

태호가 LA로 가는 이유는 금번에 인수한 항공기 공장이 그곳에 있기 때문이다.

맥도넬더글러스사는 1967년 제임스 스미스 맥도넬과 도널드 윌스 더글러스 두 사람의 회사가 합병되면서 탄생한 회사로, 주로 항공 여객기를 생산한 더글러스사의 본사 및 공장이 캘리포니아 주 산타모니카에 있었다.

더글러스사는 1946년 DC-6, 1953년 DC-7과 같은 신기종 항공기를 지속적으로 개발했고, 제트 추진 기술을 개발, 군용기에 이를 먼저 적용했다.

이에 따라 1948년 재래식의 F3D 스카이나이트, 그리고 1951년에는 제트 추진 기술이 더욱 향상된, 그 유명한 F4D 팬텀기가 생산되기 시작했다.

이후 더글러스사는 상업용 항공기로 1958년 DC-8도 생산했는데, 이는 보잉 707과 경쟁하기 위해서였다.

이후 계속해 DC-9, DC-10, MD-11, MD-80 Series, MD-90 등이 생산되어 델타항공, 에바항공 등을 위시한 전 세계 수많은 항공사들이 운용해 왔고, 운용 중이다.

*　　　　*　　　　*

다음 날.

LA국제공항에 내려 그곳 상사 지사장의 마중을 받은 태호는 그들이 제공한 승용차를 타고 약 한 시간을 달려 산타모니카에 도착했다.

LA 최고 휴양지로 각광받는 산타모니카는 일 년 내내 춥지도 덥지도 않은 기후 조건에 푸른 파다와 붉은 태양, 흰 모래, 파도, 야자수 등 대도시 근교라고 믿겨지지 않을 정도의 아름다운 풍광을 자랑하고 있었다.

그러나 심정적으로 이를 즐길 여유가 없는 태호로서는 눈으로만 즐기는 것으로 만족하고 내륙 깊숙이 들어갔다.

머지않아 삼면이 산으로 둘러싸인 평원에 거대한 공장들이 줄줄이 서 있는 것이 보였다.

항공기 제작사답게 긴 활주로 또한 시선을 끄는 바가 있었다.

아무튼 일행의 차가 정문으로 진입하니 경비병들이 차량 앞을 가로막았다.

그러나 비서 한 명이 내려 무어라 하니 곧 바리케이드가 치워지며 차가 다시 조금 속도를 내어 달리기 시작했다.

그리고 2층으로 지어진 하얀 건물 앞에 차가 멎자 정문에서 연락을 받았는지 현관 앞에 회사 중역들로 보이는 인사 십여 명이 나와 일행을 맞았다.

곧 차에서 내린 태호는 중역들과 일일이 악수를 나누자마자 이곳 사장 밥 스티브(Bob Steve)에게 말했다.

"가장 최신 기종을 만드는 공장이 어디요? 그곳부터 먼저 가봅시다."

"네, 회장님. 모시겠습니다."

밥 스티브 사장이 앞장을 서기에 걸어가는 줄 알았더니 대기시켜 놓은 승용차에 오르는지라 일행 모두가 자신들이 타고 온 차에 다시 오르고 태호만이 그 차에 올랐다.

그러자 재빨리 유정민 경호부장 및 경호원 한 명이 동승했다.

곧 차가 출발하고, 약 1㎞를 달린 차는 유난히 지붕이 높은 한 창고 같은 건물 앞에 멈추어 섰다.

곧 그의 안내로 안으로 들어서니 100인승 내외로 짐작되는 소형 항공기가 조립되고 있는 광경이 보였다.

태호가 천천히 그 항공기를 향해 걸어가니 차에서 내린 사람들이 공장 안으로 들어와 줄줄이 그의 뒤를 따랐다.

가까이 다가간 태호가 스티브 사장에게 물었다.

"이 항공기의 생산명이 뭐요?"

"MD-90D으로 가장 최신형입니다."

"MD-90은 몇 석부터 있소?"

"90석부터 160석까지 생산되고 있습니다."

"개발 중인 항공기는 없소?"

"91년부터 개발이 시작되어 마무리 단계에 있는 MD-95가 있습니다."

끝난 줄 알았던 스티브 사장의 설명이 계속되었다.

"개발 중인 MD-90으로 말할 것 같으면 가장 경제적으로 운항할 수 있는 100석 기체로 개발되고 있으며, MD-90의 짧은 동형이라고 말하지만 날개도 폭이 작은 DC-9을 기본으로 날개 끝이 작은 연장만을 도입했습니다. 또 엔진은 BMW와 롤스로이스가 공동 개발한 저소음 고연비 신형 터보팬 BR715를 채용했습니다. 기타 조종석 전자는 한층 더 충실해질 것이 MD-11 상당의 본격적인 글래스 칵핏으로 진화시킬 예정입니다. DC-90 기체를 대폭 현대화한 것으로 이미 작년 10월에 에어트랜에서 50대 선주문을 받아놓았습니다."

그의 설명에 다른 말은 하나도 귀에 안 들어오고 선주문만 50대를 받아놓았다는 말에 태호가 고개를 끄덕이며 말했다.

"선주문까지 받았다니 매우 다행한 일이오. 그리고 내가 알기로 90인승 여객기는 점보여객기 중에서는 가장 작은 체급이라서 최소 다섯 나라가 이 항공기 제작에 경쟁적으로 뛰어든 것으로 알고 있소. 그렇게 되면 아무래도 경쟁이 치열해질 것이고, 이는 곧 생산 단가를 낮추지 않으면 생존이 어렵다는 말일 것이오. 따라서 제작에 크게 어렵지 않은 부품부터 점차 고도의 기술을 요하는 분야로 아웃소싱을 진행해 빠른 시일 내에 보다 높은 경쟁력을 갖출 수 있도록 하시오. 알겠소?"

"네, 회장님."

"그렇게 되면 전문가들의 예상으로는 향후 20년간 이 시장이 4천 대로 성장할 것이라 했으니 충분히 승산이 있소. 따라서 아웃소싱 업체로는 인건비가 싼 한국의 SW테크-원으로 하도록 하시오. 모두 아시겠소?"

"네, 회장님!"

일제히 대답하는 사람들을 바라보며 태호는 내심 계산하고 있었다.

한 대에 350억 원씩만 잡아도 향후 20년간 140조의 시장이 형성되는 것이니 경쟁력만 잘 갖추면 대박을 터뜨릴 수 있었다.

그렇지만 태호는 여기서 만족하지 않았다.

"이번 맥도넬더글라스 소동에 자극받아 앞으로 유럽이 똘똘 뭉쳐 거대 항공사를 출현시킬 것으로 예상되오. 그렇게 되면 우리로서는 보잉 외에도 거대한 강적을 맞게 되는 셈. 이렇게 되면 중소형 항공기 시장에서는 일본, 중국, 러시아, 브라질, 캐나다 등이 추격해 오고, 앞에는 두 거인이 서 있소. 이 엄중한 상황을 타개하려면 대형 항공기를 개발하는 수밖에 없소. 300석 전후는 물론 동체를 2층으로 만들어 500석 전후의 대형 여객기를 개발해 활로를 개척해야 할 것이오. 이를 위해 나는 우선 100억 달러를 긴급 투자하겠소. 이 돈으로 세계 유수의 엔지니어들을 쓸어 모아 전 세계 1등 항공사가 될 수 있도록 전 사적으로 힘을 모아주시오."

태호의 말이 끝나자마자 전 임원진과 수행원들이 손바닥

이 아프도록 박수를 치기 시작했다.

확실히 돈의 위력이 무섭긴 했다. 100억 달러라는 거금에 활기가 돌기 시작했고, 그들의 손은 박수를 치느라 피멍(?)이 들었으니까.

태호가 일행을 이끌고 사무실 동에 도착하니 한 인물이 일행을 기다리고 있었다.

이에 사장 밥 스티브가 열에서 이탈해 그를 반갑게 맞았다. 서로 악수를 나누며 웃고 떠들더니 스티브가 그 사람을 태호에게 소개해 주었다.

"진 사장님, 회장님이십니다. 여기는 중국의 동방항공(東方航空: CEA) 사장 진명주(陳明珠)라 합니다."

"아, 네. 여기서 동양인을 만나다니 더욱 반갑습니다."

진명주가 활짝 웃는 얼굴로 손을 내밀자 태호 또한 그와 손을 맞잡고 힘차게 흔들었다.

50대 초반의 사내로 머리숱이 별로 없었으며 앞니가 약간 돌출되어 있는 사람이었다.

"자, 안으로 들어가실까요?"

태호도 처음 들어가는 사무실이지만 주인인 자신이 앞장서자 진 사장이 뒤를 따랐다.

스티브는 한 발짝 앞서 일행을 안내하기 시작했다. 그러며 스티브가 설명했다.

"여기 동방항공은 상해—LA 노선에 우리 D—11기를 구매한 것을 시작으로 시카고—상해 화물 노선이 개설되자 D—11화물기 또한 우리 회사에서 구매해 갔습니다. 그 이후로도 석 대를 더 구매해 갔는데 금번에 다시 방문한 것을 보니 우리에게 좋은 소식을 들려주실 것 같습니다. 그렇지 않습니까, 진 사장님?"

"아, 물론이죠. 그동안 우린 상해(上海)를 기점으로 중국 내약 50개 도시와 홍콩 및 도쿄(東京), 오사카(大阪), 후쿠오카(福岡), 나가사키(長崎) 등의 일본 전역은 물론 금번에 뉴욕 및 유럽 파리 노선의 운항권을 따내 열 대를 추가 주문하러 왔습니다, 사장님."

"감사한 일입니다."

태호는 새삼 그의 손을 잡고 흔들며 앞으로는 삼원항공과 동방항공 간의 항공사와 항공사 사이의 협력도 강화하기로 뜻을 모았다.

동방항공은 상해에 기반을 둔 중국 제2의 항공사이다.

아무튼 두 사장이 상담을 나누러 사장실로 들어가자 태호는 해리 스톤사이퍼 회장을 데리고 회장실로 들어갔다.

스톤사이퍼는 주로 미주리 주 세인트루이스 본사에 근무했지만, 때로는 이곳에서도 사무를 보았으므로 회장실이 이곳에도 갖추어져 있었다.

회장실에서 대좌하자마자 태호가 스톤사이퍼에게 물었다.

"혹시 노스롭그루먼 회장을 아시오?"

"네, 몇 번 회의 석상에서 만나 켄트 크레사(Kent Kresa)와는 안면이 좀 있습니다. 나와 동갑내기이기도 하고요."

"그렇다면 말이오, 그 회사의 인수를 은밀히 타진해 보시오."

"네?"

"왜 이렇게 놀라시오?"

"회장님이 방산 부문까지 인수하려다 보잉에게 떼어준 지가 언제인데……."

"한국 속담에 방귀가 잦으면 결국 응가를 한다고……. 아무튼 당신은 일단 접촉해 그들의 의사나 타진해 보시오. 아마도 내 생각에는 그들도 가격만 맞으면 응할 가능성이 매우 높소."

"일단 알겠습니다, 회장님."

"일단이 아니오. 적극적으로 나서시오."

"네, 회장님."

태호가 이렇게 운을 뗀 데는 다 이유가 있었다.

그러니까 97년인 내년에 록히드마틴에서 그들을 인수하려고 116억 달러라는 금액은 물론 주총에서까지 통과를 시켰다.

그러나 미 의회에서 방산 업체의 경쟁력 약화를 우려해 들고일어나는 바람에 결국 무산된 바 있었다.

　하지만 지난 5년 동안 의회 로비는 물론 미 48개 주를 상대로 지역 의회까지 철저히 로비를 해온 태호로서는 이번에 본전을 뽑자고 달려드는 것이다.

　아무튼 이렇게 멕도넬더글러스사에서 볼일을 마친 태호는 곧 그곳을 나와 산타모니카 시내로 나왔다.

　그리고 해변이 잘 내려다보이는 호텔에 여장을 풀고 스톤사이퍼 회장의 연락을 기다렸다.

　그로부터 5일.

　쉬는 데 익숙지 않은 태호로서는 5일이 멀미가 날 정도로 긴 시간이라 한국으로 돌아갈까 어쩔까 하고 있는데 때마침 스톤사이퍼 회장의 전화가 걸려왔고, 그의 들뜬 목소리를 들을 수 있었다.

　─회장님, 성공했습니다. 120억 달러를 주면 매각하겠답니다.

　록히드마틴이 인수할 때보다는 4억 달러가 더 많았지만, 태호로서는 지금 4억 달러에 연연할 때가 아니었다.

　곧 그 역시 흥분된 목소리를 토해내기 시작했다.

　"수고했소! 정말 수고하셨소!"

일단 그의 노고를 치하한 태호가 다시 말했다.

"일단은 기밀로 묻어두고 전 역량을 동원해 미 의회 및 행정부에 총력을 기울여 로비부터 합시다. 아시겠소?"

—네, 회장님.

"곧장 워싱턴으로 날아가시오. 돈은 얼마가 들어도 좋소."

—네, 회장님.

곧 전화를 끊은 태호는 '이럴 때가 아니지' 하고 중얼거리며 뉴욕으로 돌아가 있는 슐츠에게 전화를 걸었다. 그리고 태호는 속사포처럼 쏘아댔다.

"전 로비스트를 총동원해 미 의회 및 행정부를 대상으로 로비에 임하세요. 돈은 얼마가 들어가도 좋으니 이번에는 제발 그들의 방해만 없게 하면 됩니다. 회장님, 아시겠죠?"

—최선을 다해보겠습니다.

이렇게 한 달을 더 미국에 체류하며 어느 정도 뜸이 들어 밥이 되었다 생각하자 태호는 양 사의 두 회장을 내세워 기자회견을 하게 했다.

그 내용은 외바퀴로 달리는 자전거는 얼마 못 가 쓰러진다.

양 사는 경쟁력 차원에서 군수 및 민수 부문을 합쳐 시너지 효과를 내기 위해 금번에 합병을 결정했다.

그렇게 되면 록히드마틴, 보잉, 노스롭그루먼 등 삼 사의 치열한 경쟁으로 미 방산 업체도 경쟁력을 유지할 수 있는 것은 물론, 민수 부문에서도 치열한 경쟁 체제로 유럽과도 맞설 수 있다는 내용을 기저로 언론 발표를 하게 한 것이다.

이렇게 되자 이미 꿀을 많이 먹어 꿀 먹은 벙어리가 된 미 의회 의원들이 뭐라 웅얼거리긴 했으나 그것이 말로 인식될 정도는 아니었으므로 미 의회 차원의 딴지(따니)는 피하게 되었다.

그런데 문제는 또 행정부의 수반 클린턴의 깐족이었다. 또 그가 태호를 백악관으로 초치한 것이다.

또 점심때였다. 마주 앉자마자 그가 빈정거리듯 말했다.

"또 사고를 치셨더군."

"사고가 아니라 방산 및 민수 부분의 경쟁력 강화 차원에서 부득이 합병을 하게 된 것입니다."

"다 좋소. 문제는 기밀 유출을 내 입장에서는 걱정하지 않을 수 없소."

"그런 일은 절대 없을 것입니다, 각하."

"말로만 될 일이 아니오. 금번에 얼마나 자금을 퍼부어 입으로 먹고사는 자들의 입마저 철저히 봉쇄했는지 모르지만, 미국 전체를 컨트롤해야 할 입장에 있는 나로서는 아무리 친구지만 우려 사항을 전달하지 않을 수 없는 것이오."

"정 그러시면 제가 하나 약속할 수 있는 것이 있습니다. 합병된 회사의 최고경영자로는 절대 한국인을 앉히지 않겠다는 것입니다."

"그것만으로는 부족하니 기밀 유출을 절대 하지 않겠다는 각서를 한 장 써주시오."

"좋습니다."

의외로 태호가 선선히 나오자 클린턴이 미심쩍은 눈으로 바라보며 물었다.

"의외로 어디 믿는 구석이 있는 모양인데?"

"그런 것 전혀 없습니다. 저로서는 철저히 사업적 관점에서 이익을 낼 수 있다고 생각하여 투자한 것뿐입니다."

그래도 사시의 눈을 거두지 못하던 클린턴이 한숨과 함께 말했다.

"휴! 친구의 집요한 집념에 경의를 표하는 바이오. 아무튼 당신의 말대로 모든 것이 지켜지길 바라며 이번에는 나도 허락하겠소. 의회의 말썽꾼들은 물론 벌써 쫓아와 안 된다고 설쳤을 행정부 고위 관리들 입까지 잠재운 그대의 승리요."

"정말이십니까, 각하?"

"이 사람이……!"

"재선을 적극적으로 돕겠습니다, 각하."

"하하하! 이러니 미워할 수도 없고, 참나……."

미국 전역에서 해마다 일어나는 총기 사고를 근절하기 위해서는 총기 자체를 민간인에게 팔지 않는 것이 가장 좋은 방법임은 미 의회 및 행정부 요인 모두 알고 있는 상식이다.

그러나 이것이 규제가 안 되는 이유는 미 총기협회의 강력한 로비 때문임을 미 전 국민이 알고 있다.

그래도 어쩌지 못하고 여전히 총기가 잘 팔리는 것과 같이 국외로 기밀 유출이 생길 것임을 알면서도 이번에는 태호의 강력한 로비 덕분에 상식적으로 생각해서는 있을 수 없는 일이 일어난 것이다.

그럼 여기서 잠시 태호가 인수한 노스롭그루먼에 대해 잠시 언급하면 다음과 같다.

1994년에 노스롭이 그루먼을 합병하면서 현재의 것으로 사명을 바꾸고 이후 다른 방위 산업체들을 흡수하면서 지금에 이르렀다.

본사는 미국 버지니아 주 폴스처치에 있으며, 뉴욕증권거래소에 NOC라는 심벌로 상장되어 있는 S&P 500의 구성 회사 중 하나이다.

냉전의 종식과 더불어 미국 정부의 무기 발주량은 급감하였다.

상당수의 군수 업체들은 자금 사정이 악화되면서 경영 위기에 몰려 업계에서는 살아남기 위한 인수 합병 바람이 불게 된다.

노스롭은 탈 냉전기에도 B—2를 납품하면서 자금 사정이 그나마 괜찮았기 때문에 록히드 마틴, 보잉 등과 함께 군수업계 M&A의 큰손이 된다.

그루먼이 ATA, ATF, NATF 등 주요 군용기 사업에서 모조리 탈락해 자금 사정이 나빠지자, 노스롭은 21억 달러에 그루먼을 인수하여 1994년 노스롭그루먼으로 재출범한다(당시 입찰에서 경쟁자인 마틴 마리에타는 19억 달러를 제시했다).

그리고 휴즈사와 함께 미국 레이더 분야의 양대 산맥이던 웨스팅하우스의 전자 부문과 레이더 부품 회사이던 로지콘을 합병하여 지금의 주력 사업인 전자·정보전 체계에서 강자가 되었다.

이후에도 LTV, 리튼, TRW 등 다른 방위 산업체에 더해 미국에서 손꼽히는 조선소인 뉴포트조선소를 인수하는 등 M&A로 세를 불려 항공우주, 전자정보, 조선 등 다방면에 걸친 거대한 규모의 방위 산업체가 되는 것이다.

사족으로, 1997년 록히드 마틴과 노스롭그루먼이 합쳐졌다면 현재의 보잉을 아득히 뛰어넘는 초거대 기업이 탄생했을 것이다.

애초에 록히드 마틴만 해도 스텔스 기술의 1인자인데 노스롭그루먼까지 합쳐졌다면 그야말로 스텔스 기술의 독점 현상이 일어났을 것이다.

2008년에 노스롭그루먼 조선 사업부와 뉴포트 뉴스 조선이 합병한 노스롭그루먼 조선(Northrop Grumman Shipbuilding)이 건조 중인 것은 군함 버지니아급 원자력 추진 공격형잠수함, 샌 안토니오급 수송 상륙함, 아메리카급 강습 상륙함, 제럴드 R. 포드급 항공모함 등이다.

아무튼 맥도넬더글러스의 상업용 항공기 부문, 노스롭그루먼의 군수 부문, 더하여 훗날 드론과 요격미사일의 강자가 되는 IAI, 여기에 세계 최고의 군수 업체 록히드마틴의 지분까지 갖게 된 태호로서는 필생의 숙원을 이룬 포만감에 며칠은 먹지 않아도 배가 부른 느낌이었다.

제2장
전자왕국을 이루다 Ⅰ

노스롭그루먼사까지 인수를 끝낸 태호는 해리 스톤사이퍼, 켄트 크레사, 밥 스티브 세 명을 산타모니카 소재 자신이 묵고 있는 호텔로 불러들였다. 오찬을 함께하며 그들의 노고를 치하한 태호가 입을 뗴었다.

"밥 스티브, 당신은 계속해서 맥도넬더글러스 산하 상업 부문을 맡고, 켄트 크레사, 당신은 계속 노스롭그루먼 군수 부문을 맡으시오. 그리고 해리 스톤사이퍼, 당신은 양자를 총괄하시오."

"알겠습니다, 회장님."

그들의 대답에 고개를 끄덕인 태호가 계속해서 말했다.

"통합이 되었으니 사명도 바꾸어야 할 것 아니오. 그러니 각각 끝부분만 한 자씩 따서 더글러스그루먼사로 합시다."

"네, 회장님."

최대한 한국 기업이라는 것을 노출시키지 않기 위해 사명도 기존의 이름에서 따서 지은 태호는 계속해서 당부를 이어나갔다.

"내가 이미 100억 달러를 투입해 인재 모집 및 기술 개발에 투자하라 한 바와 같이 요는 투자만큼이나 경쟁력도 중요하니 기술은 덜 요구되나 인건비를 많이 잡아먹는 분야는 과감히 한국의 SW테크―윈에 아웃소싱을 해 경쟁력도 함께 갖춰주시기 바랍니다. 하여 꾸준히 이익을 내면서도 앞선 기술 투자로 인해 기술 분야에서도 전 세계 일등 기업이 될 수 있도록 해주시면 현재도 그렇지만 미래에도 투자를 아끼지 않을 것이오."

"감사합니다, 회장님. 회장님 말씀을 들으니 우리로서는 이제 어려움을 벗어나 이 분야 세계 최고 기업이 되는 일만 남은 것 같습니다."

"좋소!"

말과 함께 배석한 정 비서실장을 바라보며 태호는 계속해서 지시를 이어나갔다.

"정 비서실장님은 전에 록히드마틴에 이사를 파견한 바와 같이 이곳에도 이사진을 파견하여 우리가 운영에 개입할 수 있도록 준비해 주시오."

"알겠습니다, 회장님."

태호가 말한 내용 중에는 정 비서실장만이 아는 숨은 다른 뜻이 있었다. 즉, 이사진을 파견하되 이 분야 전문가는 한 명뿐이고 나머지는 최고의 정보 요원들로 가급적 많은 기술을 빼내오도록 다시 한번 지시한 것이다.

아무튼 말을 끝낸 태호가 좌중을 돌아보며 미소 띤 얼굴로 말했다.

"자, 한 잔씩 듭시다."

"네, 회장님."

넷은 곧 이미 따라놓은 포도주 잔을 들어 올려 사업이 잘되기를 서로 축원했다.

*   *   *

이렇게 96년 초까지의 일을 전개했지만, 이외에도 95년에는 태호의 머릿속에 남는 한 사건이 있었다. 곧 야구단의 인수가 그것이다. 전생부터 야구를 좋아한 태호이지만, 현생에서는 바쁜 관계로 야구와는 거의 담을 쌓고 살아온 것이 현실이었다.

그렇지만 야구에 대한 관심은 여전했다.

그런데 인천을 연고로 하는 태평양 돌핀스가 재정적 어려움으로 몇 해 전부터 삐꺽거리자 그때부터 자주 거명되는 곳이 삼원그룹, 즉 SW홀딩스였다.

한국 재계 서열 1위이면서도 스포츠에 대한 투자에는 너무 인색하다는 악성 루머도 돌고 있었기에 태호는 인수를 적극 검토하라고 비서실에 지시했다.

그때부터 기획실 주도로 돌핀스는 물론 KBO와도 적극 접촉하여 지난 9월 인수를 확정지었다.

사실 인수한 이 프로야구 팀은 인천, 경기도, 강원도 지역을 연고지로 하여 1982년 2월 5일 창단한 삼미 슈퍼스타즈를 시작으로 1985년 5월 1일 청보 핀토스, 1988년 3월 8일 태평양 돌핀스 등으로 이어지는 등 계속 주인이 바뀌며 성적도 만년 하위권에 맴돌았다.

아무튼 올 3월 11일을 기해 정식 창단하는 SW홀딩스 돌핀스는 김재박을 감독으로 선임하고 그룹 차원에서 강력한 후원을 할 테니 몇 년 안에 우승을 시켜달라는 조건을 달았다.

*　　　*　　　*

1996년 4월 초.

태호가 요즘 한창 신경을 곤두세우고 있는 또 하나의 거대 M&A 건이 있었다.

2월 초부터 소문이 나돌더니 현실이 된 프랑스의 국영기업으로 세계적인 전자 업체인 톰슨멀티미디어 매각 건이었다.

이 소식을 접한 2월부터 이제 상설화된 그룹 내 M&A 팀을 통해 면밀한 정보 분석 및 대응 전략을 강구하고 있었다.

홍시가 익을 대로 익어 저절로 떨어지길 기다리던 작전이 주요해 한 인물의 방문을 받게 되었다.

태호로서는 내심 쾌재를 부르지 않을 수 없는 일이었지만 표정 관리가 우선이었다.

아무튼 호박이 넝쿨째 들어온 날은 4월 하고도 8일 월요일이었다.

애플의 회장 길 아멜리오(Gilbert Frank Amelio)가 몇몇 보좌관을 대동하고 SW그룹을 찾아온 것이다.

그만큼 다급하다는 방증이다. 이 당시 애플은 인텔과 옛 삼원그룹 및 마이크로소프트사의 활약으로 몇 번의 실패에도 불구하고 끈질기게 생명을 이어오고 있었다.

하지만 1995년에 인텔 호환 PC용 운영 체제인 마이크로소프트의 '윈도우 95'가 출시되어 인기를 끌자 결정적인 위기에 처하게 되었다.

윈도우 95의 출시로 인해 인텔 호환 PC는 매킨토시를 뛰어넘는 GUI 운영 체제 환경을 갖추게 되었고, 자연히 매킨토시를 쓰던 소비자들조차도 하나둘 인텔 호환 PC로 떠나갔다.

더욱이 매킨토시 자체의 수요가 줄어드는 상황인데도 매킨토시 호환 기종들은 점차 늘어났다.

이런 매킨토시 호환 기종들은 싼 가격을 무기로 애플의 오리지널 매킨토시 판매량을 낮추는 데 일조하고 있었다.

이 당시의 애플의 경영 상태는 그야말로 최악이었다.

1995년 4분기 실적 발표에서 애플은 8,000만 달러에 달하는 적자를 기록했다고 밝혔다.

이에 최고경영자 마이클 스핀들러는 책임을 지고 물러나게 되었고, 후임으로 길 아멜리오가 임명된 것이다.

그리고 이때를 즈음하여 애플이 매각된다는 소문이 돌기 시작했다.

당시 애플과 실제로 매각 협상을 벌이거나 혹은 협상을 벌이고 있다고 알려진 기업은 썬 아미크로시스템, AT&T, IBM, 캐논, 필립스 등 다양했다.

하지만 적자에 허덕이던 애플을 후한 조건으로 인수하려할 회사가 있을 리 만무했고, 결국 모든 협상은 결렬된 채 해를 넘겨 아직도 애플은 빈사 상태에서 헤매고 있었다.

여기에 결정적으로 96년 1분기에만 판매 부진 등으로 인해 사상 최대인 7억 4천만 달러의 적자를 기록했다.

이렇게 되자 대주주들이 연일 매각을 종용하는 사태가 벌어지고 있었다.

이에 견디지 못한 애플 회장 길 아멜리오는 M&A 분야에서 이즈음 세계에서 가장 큰손으로 등장한 한국의 SW그룹을 최후의 구원투수로 보고 그룹 내까지 발걸음을 하게 된 것이다.

그와 대좌한 태호는 수인사가 끝나자마자 시침을 뚝 떼고 물었다.

"어떻게 오셨소?"

"실은……."

잠시 주저하던 아멜리오가 결심을 굳혔는지 빠른 속도로 말하기 시작했다.

"저희 애플을 인수할 의사가 없는지 타진하고 싶어 실례를 무릅쓰고 찾아뵈었습니다."

"흐흠!"

그의 말에 잠시 손으로 이마를 짚고 고심하는 표정을 연출하던 태호가 결심을 굳힌 양 미소기 하나 없는 얼굴로 물었다.

"얼마에 인수하란 말이오?"

"주당 23달러입니다, 회장님."

"작년까지만 해도 18달러인데 지금은……?"

대답을 못 하는 그를 태호는 급히 추궁했다.

"15달러입니다."

"그런데 나보고 23달러에 인수하라고? 나보고 바가지를 쓰라는 것을 떠나 그런 자세이니 지금까지 매각이 되지 않은 것 아니오? 현실을 냉정히 바라봐야죠. 아마 지금 누가 인수를 한다 해도 15달러 이상은 절대 안 주려 할 거요. 더 깎으려고 하려면 했지. 안 그렇소?"

맞는 말이라 대답도 못하고 입만 벙긋벙긋하고 있는 그를 향해 태호는 더욱 거세게 몰아붙였다.

"아직 외부 발표는 하지 않았지만 1사분기에만 7억 4천만 달러의 적자를 본 것으로 알고 있소. 게다가 판매한 것 중 1/6은 창고나 대리점에 그대로 쌓여 있으니 실제 손실은 더욱 클 것이오. 이런 추세이니 아마도 지금 애플의 사정으로는 이번 달을 넘기기가 버거울 것이오. 곧 지불 유예를 선언해야 하지 않겠소?"

손금 들여다보듯 너무나 내부 사정을 잘 꿰고 있는 태호의 말을 들은 아멜리오가 얼어붙은 것은 물론 그를 따라온 보좌진 역시 놀라움에 눈만 부릅뜰 뿐 아무 말도 하지 못했다.

그들이 그러면 그럴수록 더욱 느긋한 미소를 베어 문 태호가 물었다.

"매각하려는 주주들의 총 주식 수가 몇 주나 되오?"

"9천 1백만 주입니다."

"그 숫자면 애플 주식의 몇 퍼센트를 점하는 것이오?"

"30.3% 정도 됩니다."

이 말을 들은 태호가 결연한 표정으로 선언하듯 외쳤다.

"그 주식 전부를 주당 15달러에 인수하겠소. 됐소?"

"꿍!"

적(?)이 있거나 말거나 괴로운 표정을 감추지 못하던 아멜리오가 자리에서 일어나며 말했다.

"24시간의 말미를 주시오. 주주들과 협의한 후 답변을 드리겠소이다."

"이 먼 곳까지 오면서 주주들에게 전권도 받아오지 않았단 말이오?"

"그야 물론 받아오긴 했지만 그래도 최종 동의는 구해야 될 것 같아서 그렇습니다."

"좋소이다. 우리가 숙소는 무료로 제공할 테니 우리 호텔로 가시오."

"감사합니다, 회장님."

태호는 곧 배석한 정 비서실장에게 지시해 아직도 옛 이름 그대로인 삼원호텔로 저들을 안내하도록 했다.

다음 날 오전 10시.

생각보다 이른 시간에 아멜리오 일행이 태호의 집무실로 찾아들었다. 대좌하자마자 태호는 단도직입적으로 물었다.

"결정했소?"

"네. 주주 모두가 동의했습니다."

"좋소. 전량 인수하되 두 가지 조건이 있소이다."

"말씀하시죠, 회장님."

"첫째 숨기지 말고 있는 그대로 귀국하는 대로 1사분기 실적을 언론에 발표해 주시오. 둘째, 우리 그룹이 인수했다는 외부 공시를 1주일만 보류해 주었으면 좋겠소."

"1주일 동안 우리 주식을 매집할 생각이십니까?"

"선수들끼리 왜 이러십니까? 주주들이 보안을 유지해 주는 조건과 여기에 참석한 당신들이 입을 다무는 대가로 1천만 달러를 보너스로 내놓겠소. 그 나머지는 알아서들 잔치하시고."

"네?"

너무나 엄청난 금액에 모두 입이 쩍 벌어지는 그들을 향해 마지막으로 태호가 쐐기를 박는 말을 했다.

"일단 인수 대가로 계약서 작성과 동시에 1/3을 드리고 혹시 모를 경우에 대비해 나머지는 일주일 후에 완불하는 것으로 하겠소. 이렇게 되면 절대 허위 공시가 되지 않는 것 아니오? 매각 대금을 다 받기 전에는 완전 매각이 되었다고 볼 수 없을 테니까 말이오."

참석한 면면의 양심까지 어루만져 준 태호의 배려에 이들은 일사천리로 매도 계약을 체결하고 바로 그 자리를 떴다. 그들이 나가자마자 태호는 정 비서실장에게 지시했다.

"지금 이 시간부터 애플 주식을 무차별적으로 매집하시오. 일주일간만."

"주식이 계속 올라도 말입니까?"

"저들의 실적 발표가 발목을 잡아 오르는 데는 한계가 있지 않겠소?"

"그렇기는 하겠습니다만."

그로부터 1주일 후.

SW그룹은 1주일, 즉 휴일을 뺀 6일 동안 애플 주식 매집 잔치를 벌여 총 5천만 주가 조금 넘는 주식을 장 내외를 통해 확보했다.

이렇게 되어 SW그룹이 확보한 주식은 전제 발행 주식의 47%를 점해 애플을 열 번을 넘게 장악할 세를 이루었다.

미국은 우리와 달라 2017년 기준 애플의 최대주주가 소유한 비율은 6~7% 선이고 3위가 4% 선으로, 이것도 개인이 아닌 기관 투자가들이다.

아무튼 SW그룹이 매집하는 동안 주가는 저들의 실적 발표로 한때 투매 현상까지 벌어졌으나, 나오는 족족 매물 소화로 인해 결국 24달러까지 반등했다.

그 결과 주당 평균 매입 단가 역시 15달러 선이었다.

곧 미국 언론 보도를 통해 전 세계에 SW그룹의 애플 인수 소식이 보도될 때 태호는 기민하게 움직여 벌써 캘리포니아 내 실리콘밸리에 와 있었다.

그것도 스티브 잡스가 운영하고 있는 넥스트 본사에서 그와 대좌하고 있는 것이다.

"나를 기억하고 있다니 놀라운 기억력이오."

"당신이 자주 미 언론에 뜨는 행보를 보이는 것을 보고 간신히 끄집어낸 기억이니 칭찬할 것 없소. 그래, 놀러 오진 않았을 테고, 내게 무슨 용무입니까?"

"당신이 필요하오."

"무슨 말입니까? 지금 애플 내에는 아멜리오도 있고 여러 유능한 인물이 많지 않습니까?"

"이거 왜 이러십니까? 당신도 복귀를 꿈꿔오지 않았소?"

태호의 역공에 내면을 들킨 자 특유의 민망한 표정과 함께 머리를 긁적이던 잡스가 솔직히 자신의 속내를 드러내기 시작했다.

"첫째, 내가 애플에 재입사한다면 사내에서의 지위가 어떻게 됩니까?"

"최고경영자 겸 회장이오."

"네? 그게 가능합니까?"

"내가 애플의 주인이오."

가슴까지 쾅쾅 두드리는 태호의 행동에 고개를 끄덕인 잡스가 두 번째 조건을 말했다.

"좋습니다. 두 번째는 내가 운영하고 있는 회사를 인수해 주는 것입니다."

"좋소. 하지만 당신을 믿고 투자해 준 자들의 동의가 선결 문제 아니오?"

"그건 제가 책임지겠습니다."

이번에는 스티브 잡스가 자신의 가슴을 두드렸으므로 빙그레 웃은 태호가 물었다.

"세 번째 조건도 있소?"

"네 번째 조건까지 있습니다."

그의 말에 잠시 황당한 표정을 지은 태호가 고개를 끄덕이자 잡스가 다시 입을 열었다.

"넥스트 운영 체제를 사는 조건으로 주당 10달러씩 주십시오."

"너무 비싼데?"

"무조건 10달러. 아니면 더 이상 논의할 가치도 없습니다."

단호한 그의 말에 빙긋 미소 지은 태호가 물었다.

"총 주식 수가 몇 주나 되는데 그러오?"

"투자자들까지 총 4천만 주."

"그렇게 되면 4억 달러인가?"

"그렇습니다."

"좋소. 거기에 나도 조건이 있소. 애플이 완전한 운영 체제를 사는 것뿐만 아니라 스티브 잡스 당신 외에 300명의 유능한 인력, 그리고 웹 오브젝트와 오픈 스텝에서 나오는 연간 5천만 달러의 수입도 포함되어야 하오."

"음……!"

잠시 생각하던 잡스가 답했다.

"좋습니다. 그 대신 내 조건도 들어주시오. 네 번째 조건이기도 합니다. 내가 운영하면 애플이 확실히 일어선다는 자신감의 표현이기도 합니다만……."

태호가 더 이상 참지 못하고 물었다.

"뭔 놈의 사설이 그렇게 기시오?"

그러나 전혀 개의치 않는 표정으로, 아니, 더욱 진지한 표정으로 잡스가 태호에게 말했다.

"애플 주식 150만 주를 내게 주시오."

전혀 생각지 못한 잡스의 발언이었지만 산전수전에 공중전까지 다 겪어 이미 능구렁이가 다 된 태호인지라 잡스의 말이 이해가 안 된다는 표정으로 되물었다.

"무상 공여를 해달라는 말이오, 아니면 팔라는 말이오?"

이 정도까지 말이 나오자 멋쩍은 표정을 지은 잡스가 머리를 긁적이며 말했다.

"당신이 산 금액 그대로 팔라는 말이오."

"좋소, 당신이 그렇게 말하니 경영을 잘해달라는 의미에서 무상으로 150만 주를 공여하겠소."

"네?"

깜짝 놀라는 잡스의 모습이 우스워 대소를 터뜨린 태호가 느닷없이 웃음을 멈추더니 엄숙한 표정으로 말했다.

"단, 거기에는 조건이 있소."

"네?"

또 한 번 놀라는 그를 무시하고 태호는 계속해서 자신의 말만 했다.

"1년 동안은 당신의 권리를 행사할 수 없소."

"시장에 내다 팔지 못한단 말입니까?"

고개를 끄덕인 태호가 말했다.

"그렇소. 이유는 당신이 더 잘 알 테니 생략하겠소."

"경영을 더욱 잘해달라는 것과 당분간은 주가가 저가로 유지될 것 같으니 시장에 악영향을 최소화하려는 것이군요."

싱긋 웃는 것으로 답을 대신한 태호가 말했다.

"계약서 작성해야죠?"

"아, 네. 해야죠."

이렇게 되어 태호는 그가 운영하던 넥스트를 4억 달러에 사들였고, 그중 스티브 잡스가 자신의 지분으로 받은 돈은 1억 2천만 달러였다.

아무튼 이후 일주일 후에는 이사회와 주주총회가 연달아 열려 그를 회장 겸 최고경영자로 선임했다.

최고경영자 겸 회장이 된 스티브 잡스가 제일 먼저 한 일은 자신의 연봉에 대한 언급이었다.

즉, 애플이 정상화되기 전까지는 단 1달러만 받겠다고 선언한 것이다.

그리고 잡스가 다음으로 착수한 일은 자신과 손발을 맞출 사람에 대한 인선이었다.

그러기 위해서는 전 CEO 아멜리오를 회사에서 완전히 떠나보내야 했다. 그의 영향력을 최소화하기 위한 조처였다.

길 아멜리는 내셔널 세미콘닥터(National Semiconductor)에서 회사를 재기시켜 명성을 얻은 사람이었다.

이 회사의 CEO로서 아멜리오는 회사를 거의 신용이 없는 삼류 회사에서 신용 있는 일류 회사로 탈바꿈시켜 놓았다.

경영인이기 전에 그는 박사 학위를 갖고 있는 연구자였다.

동료와 함께 그는 모든 스캐너와 캠코더, 디지털카메라의 기본인 CCD를 발명하기도 했다.

그런 그가 이제는 전에 페어차일드(Fairchild) 중역이던 마이크 스코트(Mike Scott) 이후로 제일 애플 CEO답지 않은 애플 CEO로 기록되어 회사를 떠나게 된 것이다.

아무튼 그를 떠나보낸 잡스는 회장인 최고경영자(CEO), 사장인 최고 업무책임자(COO), 최고 재무 담당 책임자(CFO) 등 3 대 최고경영인으로 분류되는 사장으로, 금년 36세밖에 안되는 팀 쿡(Tim Cook)을 발탁하는 깜짝 인사를 단행했다.

전부터 그를 눈여겨보고 있던 것이다.

아무튼 팀 쿡은 미국 앨라배마 주 출신으로 1982년 오번대에서 산업공학을 전공하고, 88년 듀크대 비즈니스스쿨에서 MBA를 취득했다.

이후 IBM을 거쳐 컴팩의 부사장으로 재직하다 잡스의 제의를 받고 금번에 애플로 스카우트된 것이다.

그는 2004년 잡스가 췌장암으로 첫 병가를 낼 당시 CEO 대행으로 2개월간 일했으며, 2009년에도 수 개월간 CEO 역할을 했다.

특히 2009년 1~6월까지 잡스를 대신해 애플을 이끌 당시 회사의 주가를 60%나 끌어올리는 성과를 내기도 했다.

쿡은 매일 새벽 4시 30분에 이메일을 보내고 일요일 저녁에도 전화 회의를 여는 등 워커홀릭(Workaholic), 즉 일 중독자로, 잡스가 통찰력과 열정으로 강하게 애플을 이끌어온 반면 쿡은 '남부신사'라는 별명처럼 침착하고 꼼꼼한 성격이었다.

3대 경영인 중 최고 재무 담당 책임자(CFO)는 태호가 한국에서 선임해 보내기로 했기 때문에 그다음으로 중요한 자리라할 수 있는 최고기술경영자(CTO)로 잡스는 엘렌 한콕(Ellen Hancock)이라는 여성을 파격적으로 임명했다.

CTO는 기술을 효과적으로 활용하고 관리, 획득하기 위한 모든 활동을 총괄하며, 그와 관련한 유용한 정보를 CEO에게 조언해 준다.

또한 기업 비전에 맞는 연구 개발 전략과 신제품 개발 전략을 짜는 자리이다.

기술의 변화 속도가 빨라지면서 CTO의 역할도 점차 커지고 있는 추세에서 여성을, 그것도 전 CEO 아멜리오가 데려온 인물을 재기용했으니 이 또한 깜짝 인사라 하지 않을 수 없었다.

참고로 한콕은 전 IBM의 수석 경영자로서 명성을 얻고 있는 인물이기도 했다.

아무튼 이렇게 중요 보직에 대한 인사를 마친 스티브 잡스는 곧 대대적인 구조 조정에 들어갔다.

3천 명씩 두 번에 걸쳐 6천 명을 회사가 정상화될 때까지 일시 해직시키고, 수십 종을 생산하던 라인은 잘나가는 몇몇 제품에 한해 생산하는 방식으로 절반으로 대폭 줄였다.

또 그는 '자신이 경영하는 한 배당은 없다'는 신조 그대로 주주들에게 하던 배당을 일절 하지 않기로 결정했다.

사실 스티브 잡스가 애플을 떠나 있던 1987~1995년이 애플의 가장 어둡던 10여 년이기도 했다.

인텔과 마이크로소프트에 밀려 점차 대중에게 잊혀가던 시절로, 배당 또한 1.5센트에서 3센트 정도로 보잘것없었지만 이마저 완전 중단, 아니, 자신이 CEO로 있는 한은 아예 하지 않기로 한 것이다.

잡스의 지론인즉 그 돈으로 설비를 확충하고 신기술을 개발해 회사의 가치를 키우면 그것이 곧 주가에 반영되어 주주에게 더 이익이라는 신념이 있었던 것이다.

이렇게 위기에 빠진 애플의 '구원투수'로 애플에 복귀한 잡스는 매킨토시의 호환 기종 출시를 중단시킴과 동시에 매킨토시의 라인업을 정리해 간략화했다.

그리고 초대 매킨토시의 모티브를 이어받아 디자인이 우수하고 사용이 간편한 새로운 매킨토시의 개발에 착수했다.

그 결과 1998년에 '아이맥(iMac) G3'가 발표된다.

아이맥 G3는 초대 매킨토시와 같이 본체와 모니터를 일체화했으며, 반투명과 화려한 원색이 어우러져 전반적인 디자인이 매우 미려했다.

그리고 인텔 호환 PC에 사용하는 USB 포트를 적용하는 등 사용의 편의성도 높았다.

아이맥 G3는 큰 인기를 끌었고, 그 외에도 아이맥 G3의 디자인 콘셉트를 이어받은 노트북인 '아이북(iBook, 현재의 맥북)', 미려한 디자인과 고성능을 동시에 추구한 '파워북(PowerBook) G3' 등이 연이어 히트하면서 덕분에 애플은 1998년부터 다시 흑자로 돌아서게 된다.

이렇게 시작된 그의 눈부신 활약은 이후 애플의 주력 사업을 컴퓨터에서 휴대용 IT 기기로 이동시킨다.

즉, 2007년에는 스마트폰인 '아이폰(iPhone)'을 출시하는데 아이폰은 매킨토시와 뉴턴, 그리고 아이팟에서 얻은 애플의 노하우가 모두 집결된 스마트폰 중의 군계일학(群鷄一鶴)이었다.

이렇게 아이폰으로 스마트폰 시장을 휘어잡은 애플은 2010년 아이폰의 특징을 그대로 이어받은 태블릿 컴퓨터인 '아이패드(iPad)'를 출시하며 새롭게 시장 개척에 나선다.

이전의 태블릿 컴퓨터는 단순히 마이크로소프트 윈도우

기반 노트북에 터치스크린을 탑재한 형태의 것이 주류를 이루고 있었다.

기능이나 성능, 휴대성 면에서 기존의 노트북과 큰 차이가 없었기 때문에 그다지 인기를 끌지 못했다.

하지만 아이패드는 아이폰 특유의 뛰어난 조작성과 미려한 디자인 및 방대한 콘텐츠까지 그대로 이어받았으며, 가벼운 무게와 긴 배터리 수명까지 실현하면서 큰 인기를 끌었다.

아이패드의 출시로 인해 이전까지는 거의 존재감이 미미하던 태블릿 컴퓨터 시장이 본격적으로 열렸으며, 몇몇 전문가들은 태블릿 컴퓨터로 인해 기존의 PC 시장이 축소될 것이라고 평가하기도 했다.

이후 애플은 기세를 몰아 기존 아이패드보다 전반적인 성능을 강화한 2세대 제품인 아이패드 2(iPad 2)를 이듬해에 출시하는 등 인기를 이어나갔다.

이렇게 애플은 거대 기업으로 성장한 것이다.

설립 당시 좁은 창고에서 애플 I을 조립하며 소박하게 시작했고, 한때는 매각 위기까지 몰린 기업이라고는 상상할 수 없을 정도였다.

아무튼 이렇게 눈부시게 성장한 애플의 가치는 도대체 얼마나 될까? 2017년 3월 22일자 어느 신문 기사 내용을 보자.

애플은 뜨거운 감자다.

이 회사의 주식은 끊일 줄 모르고 오른다. 금년 들어서만도 25% 상승했다. 다우지수에서 애플의 활약은 단연 최고이다.

그리고 한 가지 더. 애플의 가치가 4분의 3조 달러(7,500억 달러, 843조 원)에 달했다는 것이다. 애플의 시장 가치가 2위를 기록한 구글의 5,900억 달러(663조 원)보다 무려 1,600억 달러(180조 원)나 더 높아진 것이다.

애플은 미국에서 쓸 수 있는 현금을 많이 확보하고 있다.

애플의 이진홍 CFO는 지난 1월 회사의 실적 발표 회의에서 애플이 2,461억 달러(276조 4,400억 원)의 현금을 보유하고 있는데, 그중 2,302억 달러(258조 5,600억 원)는 해외에 있다고 밝혔다.

그 돈이 얼마나 많은지를 계산하면 이렇다. 애플이 보유하고 있는 현금은 S&P 500 회사 13개의 시장 가치와 맞먹는 돈이다.

그리고 동료 격인 다우지수 회사들로 보면 미국의 상징적인 회사들인 월마트, P&G, 비자, 디즈니, 코카콜라를 합한 시장 가치보다 많은 돈이다.

세계 각국은 열심히 돈을 벌어 '가치 있는' 자산을 산다. 가치 있는 자산의 대표는 미국 국채, 미국 달러, 영국 파운드, 일본 엔화, 금과 글로벌 기업 주식 등이다.

이 중 미국 국채는 각국 정부가 사들여 외환 보유고로 쌓아놓는 알짜 중의 알짜이다.

그런데 미국 국채만 526억 달러를 갖고 있는 기업이 있다면 믿겠는가. 바로*애플이다

6일 미국의 NBC 방송과 미국 재무부 등에 따르면 애플은 6월 말 현재 단기 국채와 장기 국채를 각각 201억 달러와 313억 5천만 달러 등 526억 달러의 미국 국채를 보유하고 있는 것으로 나타났다.

애플의 미국 국채 규모는 1조 달러 이상 보유한 중국(1조 1,113억 달러)과, 일본(1조 1,022억 달러)은 물론 영국(2,344억 달러)이나 한국(1,001억 달러)보다는 한참 작은 규모지만 네덜란드(522억 달러), 터키(495억 달러), 호주(370억 달러), 이탈리아(356억 달러), 쿠웨이트(316억 달러), 이스라엘(309억 달러)보다 많다.

애플이 국가라면 전 세계에서 23번째로 미국 국채를 많이 보유한 국가가 된다.

만약 애플이 국가라면 팀 쿡 애플 최고경영자(CEO)는 미국 정부에 아마 상당한 영향력을 행사했겠지만, 불행히도 애플은 기업이어서 미국 세무당국으로부터 항상 감시를 받고 있을 뿐이다.

아무튼 잡스가 회장에 오른 지 얼마 안 되어 4%의 주식을 시장에서 더 사들여 51%의 주식을 확보해 애플을 완전 장악한 태호의 애플 자산은 도대체 얼마나 될까?

태호의 애플 자산만 3,825억 달러로 한화 약 430조 원이다.

다시 96년 4월 현실로 돌아와 이진홍을 애플의 최고 재무 책임자 CFO, 즉 회사의 경리, 자금, 원가, 심사 등 재경 부분 조직을 하나로 통합, 이를 총괄하는 부사장으로 보낸 태호는 이제 프랑스의 톰슨 그룹의 인수에 집중하기 시작했다.

톰슨은 필립스, 소니, 마쓰시타와 함께 세계 종합전자 브랜드 중 하나로, 이 당시 RCA와 GE 브랜드로 미국 가전 시장의 25%를 점유하고 있는 막강한 기업이었다.

더욱이 톰슨의 자회사 RCA는 텔레비전의 기본 특허를 보유하고 있어 TV를 생산하는 업체는 반드시 RCA에 로열티를 지급해야만 했다.

아무튼 이런 톰슨 그룹은 크게 방위 전자 산업 분야인 톰슨CSF(자본 100억 달러)와 일반 가전제품을 생산하는 톰슨멀티미디어(자산 70억 달러)로 구성되어 있었다.

95년 기준 톰슨 그룹의 전체 매출액은 718억 프랑(약 11조 원)으로, 35억 프랑의 적자를 기록하고 있었다.

부채는 225억 프랑이었다. 그러나 그중에서도 톰슨CSF는

160억 프랑(2조 5천억 원)의 부채를 안고 있는 톰슨멀티미디어에 비하면 재무 구조가 양호한 편이었다.

연간 매출액은 355억 프랑(5조 3천억 원) 규모로 양 사가 비슷했다.

이런 톰슨미디어는 TV 부문 미국 시장 점유율 1위 업체로, 디지털 TV와 위성 TV 등 차세대 미디어 분야에 주력하고 있어 기술력에 있어서도 막강한 파워를 자랑하고 있었다.

아무튼 프랑스 정부 지분 76%, 프랑스 통신공사 20% 등 사실상 국영기업인 이 기업들이 만성 적자를 기록하자, 참다못한 프랑스 정부가 마침내 칼을 빼 든 것이다. 톰슨멀티미디어는 세계 어느 기업이든 가격만 맞으면 매각한다고.

그러나 방위 산업체인 톰슨CSF만은 외국 기업에 매도할 수 없다는 단서 조항을 달아 세계시장에 내놓은 것이다.

그렇지만 워낙 적자 폭이 크다 보니 인수하려고 달려드는 업체가 별로 없었다.

이렇게 되자 다급해진 프랑스 정부는 요즘 M&A 시장의 강자로 급부상한 SW그룹에도 손을 내밀게 되었다.

이에 태호가 적극 검토를 지시해 사내에 꾸려진 M&A 팀이 달려들고 있는데 정 비서실장이 들어오더니 김새는 보고를 했다.

"회장님, 우리만이 아니라 대우에도 손을 내밀었다는 정보가 입수되었습니다."

"얍삽한 새끼들."

자신도 모르게 욕을 한 태호가 정 비서실장에게 말했다.

"제 살 깎아 먹기 식으로 우리나라 기업끼리 경쟁할 수는 없는 노릇 아니오? 그러니 정 비서실장이 연락해 대우의 김 회장을 내가 직접 만나 담판할 수 있도록 주선해 주시오."

"알겠습니다, 회장님."

그로부터 이틀이 지난 4월 10일, 정 비서실장이 다시 들어와 보고했다.

"시간이 되면 오늘 저녁 6시에 워커힐의 자신의 방에서 만나자는데 어떻게 하시겠습니까?"

"좋소, 그렇게 하겠다고 통보해 주세요."

"네, 회장님."

저녁 6시 5분 전.

태호가 최상층에 위치한 그의 사옥 밖 집무실로 찾아드니 서류를 검토하고 있던 김 회장이 돋보기를 벗으며 천천히 자리에서 일어나 자리를 권했다.

"자, 저쪽에 앉읍시다."

"감사합니다, 회장님."

"같은 하늘에 살면서도 단둘이 만난 것은 이번이 처음인 것 같군요."

"진즉 제가 찾아뵙고 인사를 드렸어야 하나 그렇지 못한 건 제가 너무 게으른 탓이 아닌가 합니다."

"무슨 말이오? 그렇게 따지기로 말하면 나도 진즉 김 회장을 만나 많은 자문을 구했어야 옳지요. 만시지탄이지만 이제라도 만났으니 다행이고, 앞으로라도 잘해봅시다."

새삼 악수를 청하는 김우중 회장의 손을 자신보다 스무 살이나 많아 두 손으로 맞잡은 태호가 잡은 손에 힘을 주자 빙긋 미소 지은 김 회장이 말했다.

"역시 악수는 그렇게 해야죠. 너무 세지도 않고 약하지도 않게. 세면 상대에게 불쾌감을 줄 것이고 약하면 성의 없어 보이거나 맥없는 사람으로 보여 좋은 인상은 주지 못하겠죠."

올해 환갑인 김 회장의 악수론에 태호가 고개를 끄덕이며 그가 안내하는 대로 소파에 자리를 잡자 맞은편에 자리를 잡은 그가 다시 입을 떼었다.

"톰슨멀티미디어 인수에 대해 논의하고 싶다고요?"

"그렇습니다, 회장님."

"우리보고 양보해 달라는 제안을 하고 싶은 거죠?"

"네, 회장님."

"못 하겠다면 어찌하시겠소?"

그의 이 말에 좋던 분위기가 급격히 냉각되었다.

그렇지만 태호는 여전히 미소를 잃지 않고 담담한 투로 말했다.

"반대급부를 제공하겠습니다. 일례를 든다면 우리의 선박 발주를 모두 대우에게 맡기는 등, 여러 방안이 있겠죠."

"흐흠……."

잠시 생각에 잠긴 김 회장이 다시 입을 떼었다.

"좋은 제안이지만 너무 약한 것 같소."

"우리의 자원 기업인 글렌코어나 여타 방계 회사들까지 그쪽으로 주문한다면 결코 무시 못 할 금액이 될 것입니다, 회장님."

"물론 잘 알고 있소이다. 하지만 세계 7 대 가전 메이커인 우리가 만약 톰슨을 인수하게 되면 그 브랜드 가치로 인해 우리는 단숨에 전자 부문에서는 세계 1위 업체로 도약할 수 있소이다. 그뿐만 아니라 지구 서편 유럽 쪽에 보다 많이 치중되어 있는 그들의 판매망으로 보아 동쪽에 치우친 우리와 상호 좋은 보완 관계를 이루어 그 시너지 효과가 말도 못하게 클 것이오."

"흐흠……."

논리 정연한 그의 말에 이번에는 태호가 침음성을 발하더니 잠시 후 입을 떼었다.

"혹시 자동차나 전자를 우리에게 매각할 의향은 없으신지요?"

"말도 안 되는 소릴!"

태호의 말이 끝나자마자 손마저 내저은 그가 보다 강경한 톤으로 말했다.

"대한전선을 인수해 그간 우리가 얼마나 고생해 이룬 가전 사업이고, 자동차는 더 말할 것도 없소. 거대한 GM의 횡포와 드센 노조의 파업 속에서도 오늘의 성과를 이루어 이제 모두 내로라하는 기업이 되었는데, 어찌 자식같이 소중한 기업들을 판단 말이오."

말 한마디 꺼냈다 본전도 못 건져 뻘쭘한 모습의 태호를 보더니 자신의 말이 너무 지나쳤다고 생각했는지 김 회장이 다시 입에 특유의 친근한 미소를 매달고 말했다.

"하지만 너무 걱정 마오. 이번에는 내가 양보할 테니."

"네?"

너무 갑작스러운 양보에 태호가 어안이 벙벙한 얼굴로 그를 바라보고 있자 김 회장이 미소 띤 얼굴로 말했다.

"이제 세계 30대 기업 안으로 진입한 SW그룹에 밉보여 좋을 일이 뭐 있겠소? 그것을 떠나 당신이 약속한 선박 발주량도 엄청날 것이니 그것만이라도 받고 이쯤에서 손을 터는 게 낫다는 생각했소. 그리고 또 하나 결정적인 이유가 있소."

"말씀하시죠."

"아무래도 우리가 최저 금액을 써 넣어도 자존심 강한 프랑스 놈들이다 보니 끝내 틀어져 버릴 것 같은 예감이 드오. 그러니 김 회장도 한국 기업 내세우지 말고 미국 현지 기업을 내세워 응찰하는 것이 좋겠소."

"조언, 진심으로 감사드립니다. 그리고 제가 이 자리에서 약속드릴 수 있는 것은 우리 그룹 및 연관 기업만이 아니라 비즈니스를 하다 보면 만나는 기업 어느 곳이라도 기회가 된다면 꼭 귀 회사로 선박 발주를 하는 등, 대우에 보탬이 되도록 최대한 힘쓰겠습니다, 회장님."

"감사하고 감사한 일이오. 우리가 오늘과 같이 뜻을 모은다면 여러 분야에서 앞으로 협력할 일이 많을 것이오. 하니 오늘을 계기로 서로 잘해봅시다."

"동감입니다, 회장님."

곧 그가 일어났으므로 태호도 자리에서 일어나는데 또다시 그가 먼저 손을 내밀었다. 이에 태호도 그의 손을 맞잡고 보다 손에 힘을 주었다. 그러자 그가 대소를 터뜨리며 말했다.

"하하하! 좀 전 보다 굳세게 잡는 것을 보니 김 회장의 말이 진실로 들리오."

"사실이 그렇습니다. 회장님."

"우리 기왕 만났으니 저녁이나 한 끼 같이하고 헤어집시다."

"기왕이면 술이 낫지 않겠습니까?"

태호의 말에 고개까지 저으며 김 회장이 말했다.

"김 회장도 나에 대해 모르는 게 많구려. 나는 술을 입에 전혀 대지 않는 사람이오. 그래서 손해 보는 일도 많지만, 타고나길 그렇게 타고난 걸 어찌하겠소. 하하하!"

"그러시군요."

이렇게 되어 두 사람은 곧 호텔 내 식당으로 내려가 만찬을 함께하게 되었다.

제3장

전자왕국을 이루다 Ⅱ

오늘의 일이 앞으로 어떻게 작용할지 김 회장은 몰랐지만, 태호는 분명 내심 결심한 것이 있었다.

수년 안에 벌어질 대우 사태를 맞이했을 때 보다 호의적으로 대처할 것을 결심한 것이다.

아무튼 태호는 김 회장과 헤어져 돌아가는 길에 정 비서실장에게 말했다.

"김 회장의 미국 현지 업체를 내세우라는 말은 분명 일리가 있소. 그러니 좀 수고스럽지만 바로 슐츠에게 전화를 걸어 쓰리 윈이 이번 응찰의 대상자로 결정되었다 통보하고, 그

준비에 만전을 기해 달라 하시오."

─알겠습니다, 회장님.

태호가 늦은 밤임에도 정 비서실장에게 그런 지시를 내리는 것은 주지하는 바와 같이 시차로 인해 지금 이 시간이 그들의 근무 시간이기 때문에 고생을 해달라는 주문이었다.

다음 날.

태호는 M&A 팀을 프랑스 현지로 급파했다. 그리고 인수 총괄 책임자로 조지 슐츠 쓰리 윈 회장을 지명해 그 또한 현지에서 합류하도록 했다.

이에 벌써 몇 건의 굵직굵직한 M&A를 한 경험이 있는 슐츠는 현지에 도착하자마자 세계 초일류 전문가로만 인수팀을 꾸리기 시작했다. 한국의 M&A 전문가 그룹 외에도 어카운팅 펌은 KPMG 프랑스를, 로펌은 도미닉을, 홍보 전문 회사는 퓨빌리시스를, 전략은 보스턴컨설팅 그룹을 섭외했다.

그사이 태호는 서울 본사에 앉아 여러 요소를 고려해 함께 인수에 참여할 프랑스 업체로 마트라를 선정하고 슐츠에게 본격적인 교섭을 지시했다. 이에 둘의 뜻이 맞아 함께 의향서를 제출하기로 했다.

마트라는 미사일 제조로 유명한 프랑스 방위 산업체였다.

그런 그들과 손잡고 톰슨 그룹의 인수에 성공한다면 방위 산업 분야는 마트라가, 가전 분야는 SW그룹이 가져가기로 합의를 하고, 96년 5월 첫째 주에 프랑스 정부에 정식으로 인수 의향서를 제출하기로 한 것이다.

그런데 문제는 적정가가 얼마인지를 산정하는 것이었다.

그래서 프랑스 현지에서는 조지 슐츠를 중심으로 난상 토론이 벌어지고 있었다. 먼저 입을 뗀 것은 슐츠 회장이었다.

"프랑스 정부는 고용을 줄이면 절대로 안 된다는 조건을 내걸고 있어요. 고용 100% 승계는 어쩔 수 없이 행해야 하는 일이니 하는 수 없고, 문제는 인수 가격이 관건이겠군요. 어때요, 김 팀장? 톰슨멀티미디어를 제대로 평가해 봤어요?"

"네, 회장님."

답한 M&A 팀장 김현종(金鉉宗)은 태호와 동갑인 금년 41세로 작년에 태호에 의해 전격적으로 M&A 팀장으로 스카우트된 사람이다.

그는 외교관인 아버지를 따라 해외를 떠돌다 1977년 컬럼비아 대학교에 진학해 정치학을 전공으로 학부 과정과 석사 과정을 마치고 1982년 컬럼비아 로스쿨에 들어가 1985년 법무박사(J.D.) 학위를 취득하며 졸업하고 뉴욕 주 변호사 자격증을 땄다.

미국 대형 로펌에서 4년 동안 일하고 대한민국에 돌아와 단기 석사 장교로 군 복무를 마쳤다.

김·신&유 법률사무소에서 일하며 국제 상사 중재와 국내

기업의 해외 투자 관련 법률 상담, 지적 재산권 업무 등을 주로 맡았다. 1993년 홍익대학교 경영대 조교수로 일하고 있는 것을 태호가 삼고초려 끝에 모신 인재였다.

원 역사에서는 노무현 정부에서 외교통상부 통상교섭본부장과 주 UN 대한민국 대표부 특명전권대사를 역임하며 한미 FTA 타결을 이끈 주역이었다.

아무튼 슐츠의 물음에 김 팀장이 답변했다.

"전 세계 사업장 및 품목, 시장 별로 지난 5년간의 실적과 향후 5년의 예상 실적을 바탕으로 회사를 평가해 봤습니다. 장부상 톰슨멀티미디어는 자산에서 부채를 뺀 순자산은 110억 프랑(23억 달러)이지만, 향후의 구조 조정 비용 등을 감안할 때 회사 평가액이 순자산보다 많이 내려가야 할 듯합니다."

"그래서 적정 인수 가격이 얼마로 나왔나요?"

슐츠의 물음에 김 팀장이 답변했다.

"70억 프랑이면 적절할 것 같습니다."

"그 가격으로는 프랑스 정부를 설득하기 어려울 것 같은데?"

고개를 설레설레 젓던 슐츠가 이의를 제기했다.

"장부상 순자산이 70억 프랑이라면 150억 프랑을 제시해도 그 가격에 줄까 말까 고민할 텐데, 아마 70억 프랑을 제시하면 바로 탈락되고 말 거예요."

그러나 김 팀장은 한 치도 물러서지 않고 자신의 의견을 개진했다.

"제가 여러모로 알아보고 판단한 가격입니다. 100% 정확하지는 않겠지만, 우리와 경쟁 상대인 알카텔 측도 아마 우리와 별반 다르지 않을 것입니다."

"나는 그 가격이라면 정말 확신할 수 없소."

"하면 최종 결정은 본사 회장님께 의뢰해 판단하는 것으로 하죠."

"그럽시다."

이렇게 되어 이 보고서가 태호에게 올라왔다. 태호는 보고서 내용을 읽어보고 망설이지 않고 김 팀장의 손을 들어주었다.

이렇게 되어 70억 프랑에 인수 가격이 결정되고, 인수 후 운영 전략 등 여타 다른 방대한 분량의 자료까지 모두 합쳐 5월 첫째 주 공식적으로 프랑스 정부에 인수의향서가 제출되었다.

경쟁사인 알카텔 측도 같은 시기에 응찰했다.

물론 여타 많은 다른 업체도 입찰에 뛰어들었지만, SW그룹이 가장 강력한 경쟁 상대로 생각하는 곳은 알카텔뿐이었다.

보름 후.

우리의 기대는 보란 듯이 이루어졌다. 프랑스 정부가 쓰리 원과 알카텔 두 회사를 우선 협상 대상자로 선정한 것이다. 참고로 알카텔─알스톰사는 프랑스 국적의 세계 제1의 통신 장비 공급 회사이다.

아무튼 프랑스 정부는 우선 협상 대상자로 선정된 양측에게 향후 실물실사의 기회를 줘 자세한 운영 전략을 제시케 한 후 실현 가능성, 프랑스 국익과의 합치 여부, 전문성 등을 판단해 최종 인수자를 결정하겠다고 발표했다.

이후 프랑스 정부의 민영화 위원회는 쓰리 원과 알카텔이 톰슨멀티미디어에 대해 7, 8, 9 삼 개월 동안 실사할 수 있도록 데이터 룸(Data room)을 만들어주고, 톰슨의 주요 의사 결정권자와 인터뷰 등 모든 편의를 제공하기로 했다.

이런 과정을 거친 후 마지막 단계에서 최종 인수 가격과 운영 전략에 대해 공개 프레젠테이션(일종의 공청회)을 통해 인수자를 선정하기로 결정했다.

그러니까 이제부터가 톰슨 그룹 인수를 둘러싼 양측의 결승전이 되는 셈이다.

그러나 안타깝게도 프랑스뿐만 아니라 전 세계 언론과 전자업계 쪽은 알카텔의 승리를 점치는 쪽이 많은 것도 사실이었다.

그들은 프랑스 정부가 톰슨 그룹을 국민 기업으로 회생시키려 한다는 데 무게중심을 두고 그렇게 판단한 것이다.

어찌 되었든 드디어 모든 실사 자료와 자료 작성, 그리고 관련된 여러 종류의 확약서 등이 제출되었고, 이제는 마지막으로 가장 중요한 프레젠테이션만 남은 상태가 되었다.

공개 프레젠테이션 발표자는 그간 준비한 많은 자료를 토대로 국제적 전문가, 프랑스 관료, 그리고 프랑스 언론을 설득하는 막중한 임무를 해내야 한다.

이 막중한 자리를 놓고 처음에는 영어와 불어를 능숙하게 구사하고 발표력이 뛰어난 KPMG의 담당 시니어 컨설턴트가 하기로 내정됐다.

그러나 그가 중압감을 못 이기고 끝내 고사하는 바람에 결국 M&A 팀장 김종현이 하기로 최종 결정되었다.

발표 당일.

행사장에는 전 세계의 톰슨멀티미디어 임원, 프랑스 정부 관계자들, 그리고 프랑스 정부가 초청한 세계 각 나라의 전자 부문 전문가 50여 명이 김 팀장의 발표를 기다리며 조용히 시선을 모으고 있었다.

이 자리에서 그는 '미국 굴지의 방산전자항공 업체인 쓰리원의 전자 파트를 중심으로 톰슨멀티미디어와 대한민국의 전자 부분을 별도로 분사 합병 해 초일류 거대 기업을 만듦으로써 전 세계 시장을 석권할 것이다'라고 운을 뗀 후 향후 전자 시장에 대한 흐름을 제시하고 그에 맞춘 세 곳의 합병 후 운영 전략을 함께 제시했다.

이 과정에서 김 팀장은 다양한 자료와 명쾌한 분석, 창의적인 전략 전개, 그리고 청중들과 대화하듯이 진행하는 발표로 바로 현장에서 반응을 이끌어낼 수 있었다.

모두 호의적인 반응을 보인 것이다.

아무튼 1시간 30분에 걸친 김 팀장의 발표가 끝나자 현장에 참석한 참가자 모두가 일어나 수 분 동안 기립박수를 보내줌으로써 그들의 호의적인 반응을 현장에서 목격할 수 있었다.

그로부터 일주일 뒤인 현지 시간 96년 10월 16일 새벽 1시.

비몽사몽 잠결에 취해 있는 태호의 휴대폰 벨이 울었다.

아직도 현지에 머물러 있는 조지 슐츠의 들뜬 음성이 전해져 왔다.

─We have won!

"우리가 이겼다는 말인가요?"

─톰슨 인수 건이 방금 전 확정되었습니다. 프랑스 내각이 톰슨 그룹을 우리 쓰리 원과 마트라에 매각하기로 발표했습니다.

위의 슐츠의 말과 같이 프랑스 기업인 마트라가 방산 부문을, 쓰리 윈은 전자 부문을 각각 맡기로 하고, 그들과 공동으로 응찰했기 때문에 슐츠가 그런 말을 한 것이다.

아무튼 승리 소식에 태호는 그의 노고를 치하했다.

"수고 많으셨습니다. 돈 아끼지 말고 회장님 주재로 금번에 공이 큰 사람들에게 한턱 크게 내십시오."

─감사합니다, 회장님. 하하하!

곧 태호는 전화를 끊었다.

그러나 그의 웃음이 환청처럼 계속 들려 태호는 이날 밤을 거의 뜬눈으로 지새웠다.

물론 그의 웃음 때문이 아니라 승리했다는 감격 때문이었다.

이후 여러 우여곡절이 있었으나 SW그룹은 끝내 세계 가전 분야 기업 중 하나인 톰슨멀티미디어를 수중에 넣는 쾌거를 이룩했다.

참고로 이 당시 알카텔 측이 제시한 금액은 80억 프랑이었다.

*　　　　　*　　　　　*

10월의 마지막 날인 31일 목요일 오전 10시 30분.

프랑스 정부와 정식으로 톰슨멀티미디어 인수약정서에 사인한 태호는 함께 참석한 마트라(Matra)사 회장 필립 게동(Philippe Guedon)과 함께 움직이기 시작했다.

승용차를 타고 파리 북쪽 25㎞ 지점에 위치한 샤를드골국제공항으로 이동했다.

그 이유는 그곳에 태호가 타고 온 자가용 비행기가 있기 때문이다.

태호의 자가용 비행기는 더글러스사에서 제작한 최신형 여객기인 D—95로 120인이 동시에 탑승할 수 있는 신형이었다.

아무튼 태호가 이 자가용 비행기를 소유하게 된 데는 이런 일화가 있다.

즉, 지금은 더글러스그루먼 회장이 된 해리 스톤사이퍼는 멕도넬더글러스 시절부터 자가용 비행기가 있었다.

그런데 태호에게는 자가용 비행기가 없자 미안한지 자신의 자가용 비행기를 태호에게 양도하려 한 적이 있었다.

이에 태호는 그의 양도를 받는 대신 자신의 것도 최신 기종으로 제작하라 했다.

그런 것이 얼마 전 제작되어 한국으로 왔고, 이번에 태호는 처음으로 자신 소유의 비행기를 이용해 유럽 나들이에 나선 것이다.

태호가 마트라사 회장 필립 게동과 함께 공항으로 이동하고 있는 것은 그들 본사 및 공장을 방문하기 위해서였다.

그들의 공장도 견학할 겸 이미 실무 선에서 합의가 끝난 양사 합작연구소 설립약정서에 사인하기 위함이기도 했다.

이번 톰슨그룹 인수 과정에서 양 기업이 많이 가까워진 것이 계기가 되어 저들의 거점 도시인 둘루스에 50 대 50의 연구소를 설립하기로 한 것이다.

연구소의 연구 내용은 마트라의 장점 분야가 전부 망라되어 있었다.

즉, 마트라(Matra)는 1982년에 국영화되었다가 1988년에 다시 민영화되었고, 24,000명이 고용되어 있으며, 우주항공 분야의 장비, 인공위성, 미사일, 도시 전철 등을 제조·생산하는 프랑스의 대기업이었다.

따라서 저들의 장기인 우주항공 분야, 인공위성, 미사일, 도시 전철 등을 함께 연구하여 그 열매를 함께 공유키로 하고, 금번에 저들의 본사이자 공장이 있는 둘루스에 연구소를 설립하기로 하고 약정서에 서명하러 가는 길이다.

자본금은 일단 양 사 공히 1천만 달러를 출자하기로 하고 추후 소요되는 자금이 있다면 그때 가서 각출하기로 했다.

아무튼 태호가 한국이 아닌 둘루스에 연구소를 두기로 한 이유는 다 그만한 이유가 있었기 때문이다.

프랑스에서 파리, 마르세이유, 리옹, 다음으로 네 번째 큰 도시인 툴루스에는 우주항공 전자전기 공학 분야의 '그랑제콜'을 비롯한 세계 유수의 공과대학이 운집해 있었고, 국립우주연구소(CNES), 환경공학실험 시설 등 각종 연구기관과 실험 시설이 집중되어 있었기 때문이다.

아무튼 태호 일행이 툴루스 공항에 내리니 사전 지시가 있었는지 회사 직원들이 상당량의 차를 가지고 마중 나와 있었다.

태호는 곧 회장 필립 게동의 안내로 그들이 제공한 승용차를 타고 시 외곽으로 이동했다.

그리고 머지않아 이들이 도착한 본사 및 우주센터는 12ha의 넓은 부지 위에 여유 있게 배치된 다섯 동의 백색 건물로 되어 있었다.

그런데 그 하나하나의 규모가 굉장히 컸다.

그래서 태호가 물어보니 연 면적이 자그마치 2만 6천 평방미터나 된다 했다.

곧 태호는 외빈 접견실로 안내되었고, 그곳의 홍보 책임자인 클로드 페리케 부인의 유창한 영어 홍보 내용을 들어야 했다.

"우리가 포클랜드 전쟁에서 승리의 영광을 안겨준 미사일과 환상의 전폭기 미라쥬를 생산하는 회사로 잘 알려져 있으나, 잠시 후 보시겠지만 우리의 장점은 다른 곳에도 있습니다. 이곳에서 만들어준 위성 50여 기가 지금도 지구를 선회하며 각종 자료를 각 나라에 보내주고 있다는 것이죠. 마트라는 프랑스 전역 50여 개소에 산재한 공장과 기술들이 상호 연계되어 오늘도 고도의 기술력을 자랑하는 더 품질 좋은 제품을 생산해 내기에 여념이 없습니다."

이후에도 더 이어진 그녀의 장황한 설명이 끝나자 필립 게동이 직접 한 곳으로 안내했다.

그곳은 2천 1백 50평방미터의 청정실로 복도와 칸막이 사이에는 투명 유리가 끼워져 있어 안의 작업 내용을 다 볼 수 있었다.

"위성 다섯 기가 지금 동시에 조립되고 있는 모습입니다."

게동의 설명을 들으며 안을 들여다보니 머리에서 발끝까지 흰색 일색인 사람들이 열심히 조립 작업에 임하고 있었다.

"저 청정실은 항상 섭씨 22도에 습도 60%가 유지되고 먼지 한 톨 없는, 그야말로 깨끗한 작업 공간을 우리는 '성당', 작업자들은 '우주외과의'라 부릅니다."

설명을 끝낸 게동이 갑자기 태호에게 질문을 던졌다.

"우리의 로켓발사장이 혹시 어디 있는지 아십니까?"

태호가 고개를 가로젓자 그가 곧장 설명했다.

"적도 바로 북쪽 지점인 남미 프랑스령 가이아나의 쿠르라는 곳에 있고, 그곳의 자전 속도는 셔틀발사대가 있는 플로리다보다 훨씬 빠르기 때문에 같은 추진력을 사용해도 더 무거운 로켓을 같은 궤도까지 쏘아 올릴 수 있는 장점이 있습니다."

"굉장하군요."

태호의 찬사에 기분이 좋은지 게동이 이것저것 더 열심히 설명하느라 침을 튀기자, 태호로서는 괜한 칭찬을 했다고 내심 후회하며 한동안 그의 설명을 더 들어야 했다.

아무튼 끝나지 않는 연회 없다고 머지않아 그의 설명이 끝나자 태호는 게동 회장의 안내로 그의 방으로 가서 연구소 설립에 관한 약정서에 정식으로 서명하는 절차를 밟았다.

이튿날 한국으로 귀국한 태호는 곧 전자사장 설천량을 불러 지시했다.

"지금은 고용을 승계해야 하니 어쩔 수 없지만, 장차 수년이 지난 후에는 모든 부품을 한국에서 생산해 원가를 대폭 줄이되 브랜드는 톰슨멀티미디어를 사용함으로써 보다 경쟁력을 높여 가전 시장의 일등 기업이 되도록 하세요."

"알겠습니다, 회장님."

"하고 톰슨멀티미디어의 사장으로는 부사장 김준무(金俊武) 씨를 승진 발령 내세요."

"알겠습니다.

금번에 톰슨멀티미디어의 사장으로 발령 난 김준무(金俊武)는 주지한 바와 같이 1965년에 독일 광부로 파견되어 3년간의 의무 종사 기간을 마친 뒤 이듬해인 69년 네덜란드 필립스(Philips)사에 입사해 10년 만에 이사에 오른 뒤 상무이사로 퇴직한 후 옛 삼원그룹에 입사해 부사장에 지위에 있던 인물이다.

또 태호는 정 비서실장에게 지시해 조지 슐츠 미국 총괄 법인 회장에게도 금번의 공을 기려 자가용 비행기 한 대를 제작해 주도록 하고, M&A 팀장 김종현의 직급을 이사에서 상무이사로 승진시키도록 했다.

그리고 함께 고생한 팀원들 또한 일 계급씩 특진시키도록 하는 조치를 취했다.

그렇게 하고 나니 11월 초, 아침저녁으로는 제법 쌀쌀한 바람이 불어 반팔로는 생활하기 어려운 계절이 되었다.

이에 문득 생각나는 사람들이 있었다.

할머니를 비롯한 고향집 부모님과 장인, 장모였다.

이에 태호는 더 생각할 것도 없이 고향집으로 경호원들을 보내 무조건 서울로 모셔오도록 했고, 자신은 근무 시간임에도 불구하고 장인 이명환의 집으로 찾아들었다.

해가 거듭될수록 기력이 쇠약해지는 장인이었지만 골골 삼 년이라고 아직은 그럭저럭 집에서 소일하고 있었다.

그런 그가 태호가 대낮에 들이닥치자 깜짝 놀란 얼굴로 물었다.

"아니, 회사에 무슨 일이라도 있나?"

"아, 아닙니다. 좋은 일만 있습니다. 금번에 세계 4대 가전업체의 하나인 프랑스의 톰슨멀티미디어를 인수한 것은 물론, 마트라와도 미사일 및 인공위성 분야 등을 연구하는 연구소도 공동으로 설립하고 돌아왔습니다."

"잘했군. 아주 잘했어. 역시 탁월한 선택이었어."

"네?"

"자네를 후계자로 세운 것이 정말 잘했단 말이야. 그러고 보면 내 안목도 보통이 아니지? 여보!"

이명환의 말에 박 여사가 말했다.

"늙으셔도 자화자찬은 여전하시네요."

"자화자찬이 아니라 사실이 그렇지 않은가, 이 사람아."

"호호호! 맞아요, 맞아!"

더 다투기(?) 싫은지 금방 박 여사가 백기 투항을 하자 태호는 곧 본론으로 들어갔다.

"날씨도 점점 추워지는데 괌이나 저 따뜻한 남쪽 나라로 여행을 가시는 게 어떻습니까, 아버님? 금번에 자가용 비행기도 한 대 마련했거든요."

"그 소식은 얼마 전에 내게 보고한 이야기 아닌가?"

"물론입니다만, 자가용 비행기도 있으니 더 편한 여행이 될 것을 상기시키고 싶어서요."

"흐흠! 그런데 어쩌지?"

"왜요? 무슨 문제라도 있습니까?"

"이제는 기력이 너무 쇠해져 여행은 무리야. 더더구나 외국 여행이라면 말할 것도 없지."

"정 그러시면 제주도 정도는 어떻습니까?"

"글쎄……."

"연세가 더 높으신 저희 할머니도 아마 좋아하실 텐데요?"

"그래? 그렇다면 나도 질 수 없지. 언제 출발할 건가?"

"내일쯤 하죠. 미리 준비하셔야 할 것도 있을 테고."

"그럼 그렇게 함세."

"네, 아버님!"

아버님 소리에 다시 한번 흐뭇한 미소를 짓는 장인을 보고 태호는 곧 휴대폰을 꺼내 효주에게도 이 사실을 전했다.

태호의 소망 바구니에 담아둔 것 중 하나가 할머니를 비롯한 부모님과 장인, 장모님을 모시고 자가용 비행기로 여행 가는 것 아니었던가.

그 소망을 돌아가시기 전에 이루기 위해서라도 태호는 준비에 만전을 기해 다음 날 비행기에 몸을 실었다.

그런데 이 비행기에는 태호로서는 계획에 넣지 않은 사람들도 타고 있었다.

곧 첫째 사위인 소인섭 부부와 둘째 사위인 편봉호 부부였다.

장인 왈, '내 생전 마지막 여행이 될 것 같으니 함께 갔으면 한다'는 요지의 말을 태호에게 했기 때문에 그들도 만사를 뿌리치고 동승하게 된 것이다.

아무튼 김포공항을 이륙한 비행기는 한 시간 남짓의 비행 끝에 제주공항에 착륙했다.

곧 비서실에서 사전에 준비한 승용차들을 타고 일행은 줄줄이 서귀포 그룹 호텔로 향했다.

머지않아 호텔에 여장을 푼 일행은 잠시 휴식 시간을 가졌다.

이때 태호가 엉뚱한 제안을 효주에게 했다.

"우리 한라산 등반 한번 할까? 지금까지 제주도를 여러 번 왔지만 한라산에는 오른 적이 없어서 이번 기회에 한번 오르고 싶군."

"양쪽 부모님은 어찌하고요?"

"처형들이 있으니 장인, 장모님은 모시라 하고 부모님이야 잠시 바닷가 산책이라도 하라시면 되지."

"등산 안 하던 사람이 갑자기 등산하면 다리에 무리가 갈 텐데……."

망설이는 효주를 향해 태호가 말했다.

"정 걷기 힘들면 중간에 내려오면 되지."

"아무래도 당신, 다른 꿍꿍이속이 있는 것 같은데요?"

"꿍꿍이는 뭘 꿍꿍이. 오래간만에 체력 단련 한번 하려는 거지."

"믿기지 않는데요? 운동이라면 평소에도 열심히 해오셨잖아요?"

"정 그렇게 당신이 의심하니 계획이 있다고 하지."

"쳇!"

'쳇' 소리를 승낙으로 알아들은 태호는 곧 장인, 장모와 부모님께 한라산 등반 좀 하고 오겠다고 하고 이곳까지 수행해온 정 비서실장은 물론 그사이 부장 지위에 오른 수행부장 황철민에게 통보했다.

그러자 곧 경호원들이 나타나고, 일행은 승용차 두 대에 나누어 타고 영실휴게소까지 가서 그곳부터 곧 등반을 시작했다.

가파른 계단 길의 연속이었지만 의외로 효주도 잘 올라 노루샘에서 한 번 쉬고 내처 걸어 1시간 40분 만에 윗세오름 대피소까지 왔다.

그런데 갑자기 효주가 자신의 다리를 두드리며 더 이상 오르지 못하겠다고 했다. 이에 난처한 표정을 지은 태호가 말했다.

"백록담 정상이 얼마 남지 않았는데 여기서 포기하면 아깝지 않소?"

"지금까지 오른 것만도 제게는 최선을 다한 일이에요."

"정말 더 못 오르겠소?"

"네."

"정말… 정말 아쉽군."

"뭐가 그렇게 아쉬운지 몰라도 오르다 힘들면 바로 내려가기로 사전에 약속했잖아요?"

"알았소. 정 당신이 그걸 원한다면 내려가야지."

"배도 고프네요. 아침을 시원찮게 먹어서 그런가 봐요."

"허허, 그것참. 좋소, 우리 컵라면이라도 하나씩 먹고 내려가는 것으로 합시다."

"당신, 멋쟁이!"

"컵라면 두 번 사주었다간 무슨 말이 나올지 모르겠군."

"그때는 내가 당신 업어줄게요."

"뭐라고? 하하하!"

이렇게 되어 일행은 윗세오름 대피소에서 컵라면을 하나씩 사 먹고 하산 길에 나섰다.

컵라면도 모처럼 먹어서인지, 아니면 등산 후에 먹어서인지 맛있다고 재잘거리며 곧잘 내려가는 그녀였다.

아무튼 그렇게 30분쯤 내려가는데 갑자기 효주가 다리를 절뚝이며 말했다.

"다리를 삐끗했나 봐요. 아파서 영 걷지를 못하겠어요. 오금도 당기고요."

"그럼 큰일 아니오?"

순간 당황했지만 태호는 무슨 생각인지 주머니에서 휴대폰을 꺼내 통화를 시도했다. 그러나 칙칙거리기만 하고 영 먹통이었다.

이에 화가 난 태호가 정 비서실장을 면전에 대놓고 질책하기 시작했다.

"우리가 통신사업을 해온 것이 언제인데 아직도 이 모양이오? 더구나 정부에서는 금년 6월 3개 사를 또 PCS 사업자로 선정해 경쟁 체제를 유도하는 판에 이게 어디 될 일이오?"

"죄송합니다. 이동통신의 허유영 사장을 불러 어떻게 된 경유인지 알아보도록 하겠습니다."

"에이, 됐소. 갑시다."

말을 하며 태호는 전혀 다른 사람이 된 듯 효주의 앞에 등을 대고 쪼그려 앉았다.

그러나 효주는 주변을 둘러보며 망설였다. 평소 태호는 화를 잘 내지 않는 편이었다.

그런데 그런 사람이 갑자기 화를 내면 더 무서운 생각이 든다. 그래서 효주 역시 덩달아 긴장하고 있었다.

그런데 남편의 갑작스러운 행동은 전혀 이해가 되지 않았을 뿐만 아니라 주변의 시선도 있어 효주가 망설이고 있자 태호가 대뜸 그녀를 업어 들었다.

"여, 여보!"

"가만히 있어요. 그러다 떨어지면 어쩌려고."

"혼자도 힘들 텐데 내려갈 수 있겠어요?"

"매일 새벽 운동은 괜히 하는 줄 아오? 아직은 젊고 건강하니 걱정 말아요. 사실 하나 안타까운 일이 있었는데 당신을 업고 내려가니 그래도 기분이 좀 낫소."

"안타까운 일이라뇨?"

"사실 내가 한라산에 오르자고 한 이유는 백록담 정상에 서서 천하 사람들에게 이렇게 외치고 싶었소. '효주야, 사랑한다!'라고 말이오."

"목소리가 너무 커요."

태호의 말이 듣기 쑥스러운지 효주가 등에서 태호의 몸을 흔들며 앙탈했다.

그리고 뒤따라오는 일행을 살피더니 사르르 얼굴을 붉힘과 동시에 이내 태호의 등 뒤에 고개를 묻었다.

그런 그녀가 한참 후에 태호에게 물었다.

"아까 당신, 어디에 통화하려고 했어요?"

"응, 지금 우리의 승용차가 영실휴게소에 주차되어 있잖소?"

"네, 그렇죠."

"내가 알기로 2㎞ 위에 있는 탐방로 입구까지는 승용차가 올 수 있는 것으로 아오. 그래서 그곳까지 승용차를 더 끌고 오라 하려고 그랬지."

"그렇군요. 그러면 당신이 덜 고생해도 되는데."

"당신 발은 괜찮아?"

"크게 다친 것 같지는 않아요. 단지 걸으면 오금 있는 곳이 당겨서 도저히 못 걷겠어요."

"그만하길 천만다행이군. 하지만 덕분에 당신도 업어보는군."

"당신은 남이 듣거나 말거나 그런 말을 어찌 그리 스스럼없이 할 수 있어요?"

"아니, 그럼 내가 가슴속에만 간직하고 있으면 당신이 내 마음을 알아?"

"그야 모르죠."

"그러니 마음속에 있는 말을 자주 표현해야 된다고. 부모님에 대한 사랑도 그렇고."

"그 말은 당신 말이 맞는 것 같아요."

"같아요가 아니라 그렇다니까."

"알았어요. 알았으니 그만 언성 좀 높여요."

"하하하!"

대소로 효주에게 대답한 태호가 효주를 한번 추스르는 것 같더니 더 열심히 걷기 시작했다.

이 장면을 경호원이나 모든 사람들이 보고 있었지만, 감히 어떻게 할 수 없는 일인지라 그냥 지켜보는 수밖에 달리 길이 없었다.

*　　　　*　　　　*

이날 오후 4시쯤이었다.

막상 모시고 내려왔지만 노는 문화에는 익숙지 않아 자신의 방에서 효주와 함께 무료한 시간을 보내고 있는데 노크 소리와 함께 말소리가 들려왔다.

"들어가도 되겠습니까, 회장님?"

정 비서실장의 목소리에 태호가 싱긋 효주에게 미소를 지어 보이더니 허락했다.

"당신과 딴짓이라도 하고 있었으면 큰일 날 뻔했군. 하하하! 들어와요."

태호의 말에 효주가 살짝 얼굴을 붉히는데 정 비서실장이 한 사람을 대동하고 들어왔다.

"부르셨습니까, 회장님?"

척 보아하니 통신의 허유영 사장이다. 곧 어떻게 된 상황인지 짐작한 태호가 그를 보고 말했다.

"한라산 등반하는 사람이 얼마나 많은데 통화가 아직도 이루어지지 않는다니, 말이 되지 않는 소리 아니오?"

"곧바로 시정 조처하겠습니다, 회장님."

태호의 힐난에 깊숙이 조아리는 허 사장을 바라보며 태호가 조금은 진정된 톤으로 말했다.

"금년 6월에 PCS통신까지 허가가 나 일 년 후쯤이면 5개 사가 본격적으로 경쟁하게 될 텐데, 이래 가지고는 도저히 안 되겠소. 무슨 수를 내야지. 아무리 이 분야가 올해부터 본격적으로 가입자가 폭주해 황금 알을 낳는 거위라고 모두 인식하고 있지만, 내가 볼 때는 큰 문제가 있소. 설비 투자도 투자지만 5강 경쟁 체제라면 너무 경쟁이 치열해 서로 경쟁하다가 출혈도 있을 수 있단 말이오. 그러니 타 기업을 인수할 수 있으면 기회 닿는 대로 인수해 경쟁을 줄이는 방향으로 합시다."

"알겠습니다, 회장님."

위의 이야기에서 알 수 있듯 이동통신사업은 곧 5강 체제로 돌입하게 되어 있었다.

그 경과 과정을 잠시 소개하면 이렇다.

1988년 5월 한국이동통신은 본격적으로 이동통신사업을 시작하면서 서비스 제공 지역을 확산해 1991년 말 전국망을 구축하고, 1993년 말에는 전국 74개 시 전역과 읍 및 인접 고속도로 주변 지역까지 이동전화 서비스를 제공했다.

1994년 통신사업 구조 조정으로 한국이동통신이 민영화되고, 제2이동전화사업자로 옛 삼원통신이 선정됨으로써 이동전화사업은 복점 체제로 접어들었다.

삼원통신에서 SW통신으로 이름을 바꾼 SW통신과 한국이동통신이 1996년 4월 디지털 방식의 CDMA 서비스를 제공함으로써 본격적인 경쟁이 이루어지기 시작했다.

1996년 6월 정부는 통신 시장의 전면 경쟁 체제 구축이라는 명분으로 이동전화와 경쟁적인 PCS 사업자들을 선정했다.

이로써 1997년 10월부터 한국통신프리텔, LG텔레콤, 한솔PCS 3개 사가 PCS를 제공하게 된다.

한국이동통신 및 SW통신과 신규 PCS 3사는 모두 미국 퀄컴(Qualcomm)의 IS—95 CDMA 기술을 기반으로 하고 있어 기술적으로 동일한 시스템이었다. 아무튼 1996년 이후 국내 이동통신 시장은 급속하게 성장하기 시작한다.

2000년 12월 셀룰러 이동전화는 가입자가 1,445만 명,

PCS는 1,236만 명으로 전체 이동전화 가입자가 2,682만 명에 이른다.

경쟁으로 촉발된 이동통신사업자의 단말기 가격 보조 전략은 급속한 가입자 증가에 기폭제가 되었다.

아무튼 이 과정에서 태호가 지시한 것이 이루어져 SW통신은 2천년까지 한국통신프리텔과 한솔M.com(한솔 PCS)을 인수함으로써 우리나라 이동통신 시장은 3각 경쟁 체제로 정리되게 되는 것이다.

이것은 먼 훗날의 일이고 당장은 설비 투자를 대폭 확대하고 항상 인수전에 뛰어들 준비를 하고 있으라는 말로 둘을 내보낸 태호는 모처럼 독서로 소일하며 망중한을 보내고 있었다.

그런 태호가 움직이기 시작한 것은 저녁나절이었다.

저녁 6시가 되자 벌써 주변이 어둑어둑해졌으므로 태호는 전 가족을 호텔 야외에 설치된 대형 텐트 안으로 불러들였다.

그리고 손수 음식을 준비하기 시작했다.

물론 호텔에서 준비해 준 것이지만 소고기 등심이며 얇은 맛을 좋아하는 사람들을 위해 삼겹살, 또 조개와 해산물 등을 숯불에 열심히 구웠다.

그러자 효주 또한 피어오르는 연기를 피해 이리저리 도망

다니면서도 열심히 천막 안으로 주워 날랐다. 그러던 효주가 다가와 말했다.

"사위가 직접 구워주는 건 고맙지만, 당신이 빠지니 영 분위기가 안 산다고 장인이 들어오래요."

"허허, 그래? 그럼 당신이 구울 테야?"

"내가 빠지면 무슨 재미? 이제 주방장에게 맡기고 그만 들어갑시다."

"알았소."

회장은 열심히 일하고 있는데 손도 못 대게 해 민망한 표정으로 한쪽에서 구경만 하고 있던 수행부장에게 태호가 곧 지시하니 황철민이 호텔 주방장을 부르러 갔고, 태호는 효주와 함께 천막 안으로 들어갔다.

그 안에는 대형 침대는 물론 냉장고, 오디오 및 TV 세트와 대형 식탁까지 완비되어 있어 먹고 자는 데 아무런 불편 없는 구조로 되어 있었다.

아무튼 태호는 식구들이 모여 있는 대형 식탁으로 가더니 새로운 와인 한 병을 땄다. 그리고 말했다.

"92세로 아직 정정한 중국의 지도자 등소평이 반주로 즐겨 마시는 것이 이 적도주랍니다. 혈액 순환에 좋다고 마시는 모양입니다. 그러니 한 잔씩 받으셔서 고기와 함께 즐기셨으면 좋겠습니다."

"그런가? 그렇다면 어디 한 잔 따라보시게."

"네."

곧 태호는 장인에게 한 잔 따라드리는 것을 시작으로 할머니는 물론 아버지, 어머니와 박 여사 모두에게 한 잔씩 따라주었다.

그런 과정에서 두 동서 내외도 시샘하듯 서로 레드 와인을 따라주며 잔을 채워놓았다.

그런데 막상 태호와 효주의 잔만 비어 있자 민망한 표정을 지은 장모 박 여사가 급히 태호의 잔에 따라주고 효주의 잔에는 시아버지가 따라주는 것으로 어색한 장면을 면했다.

이렇게 시작된 술을 몇 잔 걸친 이 전 명예회장이 세 사위를 보고 잔소리인지 훈계인지 그와 비슷한 말을 하기 시작했다.

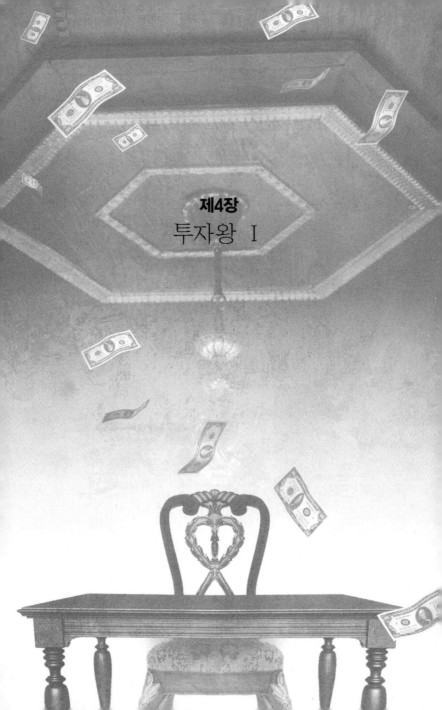

제4장
투자왕 Ⅰ

"흔히 열 손가락 깨물어 안 아픈 손가락 없다고들 표현하지. 부모에게 있어서 자식은 다 그런 존재야. 하지만 기업을 운영하는 것은 달라. 냉혹할 정도로 비정하지. 그렇지 않으면 아무리 튼튼한 기업이라도 한 번의 실수로 풍비박산 나는 예가 허다해. 그렇기 때문에 이 과정에서 첫째와 둘째 사위에 게는 서운한 점이 없지 않아 있을 것으로 아네."

여기서 잠시 두 사람을 새삼스럽게 바라본 이 전 명예회장이 하던 말을 계속했다.

"하지만 범인으로서는 상상도 못 할 재산을 상속받게 되어 있으니 그들과 비교하는 것으로 자족하시게. 사람이 위와 비교하면 비틀리게 되어 있어. 늘 나보다 못한 사람들과 비교하며 사는 것만이 행복감을 느낄 수 있는 비결이라고 나는 생각하네. 그러니 나나 셋째에게 품은 나쁜 감정이 있다면 오늘 이 자리에서 모두 털어버리고 나의 사후에는 서로 의좋게 지내길 바라네. 이제 내가 바라는 것은 더 이상 없네. 김 회장이 자신이 약속한 대로 내 생전에 50위가 아니라 30위권 안으로 우리 그룹을 키워줬고, 대한민국에서는 명실공히 넘버원이니 더 이상 바랄 것도 없지. 다 감사하고 감사한 일이야. 자네 두 사람에게도 진심으로 감사하게 생각하네. 여기 있는 아내와 세 딸, 그리고 세 사위를 만나 진정 행복했고, 분에 넘치는 삶을 살았네. 자, 다들 잔 채워 건배 한번 하세."

이 전 명예회장의 말이 있었음에도 한동안 아무도 움직이는 사람이 없었다. 마치 오늘 그의 말이 유언처럼 들려 여자들은 모두 손수건으로 눈가를 찍고 남자들은 시선을 외면하거나 아니면 천장을 보고 두 눈을 껌벅껌벅하고 있었기 때문이다.

"아니, 술 안 따르고 뭣들 하나?"

"아, 네!"

이명환이 재차 독촉하고서야 큰사위 소인섭이 모두의 잔에 붉은색 포도주를 따랐다.

"자, 건배 한번 하지!"

"네. 장인어른의 만수무강을 위하여!"

"위하여!"

소인섭의 선창에 모두 후창함으로써 그가 오래 살기를 축원했다. 그리고 잔을 반쯤 비운 이명환이 할머니와 부모님을 향해 말했다.

"이거 미안합니다. 함께 모셔놓고 우리만 노는 것 같아서……."

"아, 아닙니다. 하실 말씀이 있으면 하셔야죠."

아버지가 대표로 받아 이의 없음을 말하는데 태호가 말없이 앉아 계신 할머니에게 물었다.

"괜찮으세요?"

"아직은 끄떡없다."

"다행이네요."

이때 이명환이 참견했다.

"어찌 저보다 사돈어른이 더 정정해 보이십니다."

"겉으로만 그렇지 속은 골골합니다."

"하하하! 제가 보기에는 전혀 그렇게 보이지 않습니다. 올때 멀미도 않으셨지요?"

"멀미요? 지금도 어디 다니는 게 제일 좋습니다."

"참으로 건강을 타고나셨군요. 큰 복입니다."

"때가 가면 가야 되는데, 괜히 오래 살아 자식들에게 폐만 끼치는 것이 아닌지 모르겠습니다."

"어머니, 그런 말씀 마세요."

"할머니!"

아버지의 말과 태호의 고함에 할머니는 웃음으로 손을 내저으며 다시는 그런 말을 안 하겠다는 약속을 재천명했다. 전에도 그런 일이 있어 처음으로 아들이 어머니를 혼내는 희한한 장면을 본 적이 있다.

아무튼 할머니의 연세는 금년 85세이고 장인의 연세는 81세로 사실상 네 살밖에 차이가 나지 않으나 외견상으로 봐도 두 사람의 노화 정도는 천양지차였다. 하긴 생물학적으로도 여자가 남자보다 더 오래 산다.

이는 동물의 세계도 마찬가지로 수컷의 성(性)과 관련이 있다는 것이 대체적인 학설이다. 그 방증으로 남자의 성을 제거한 내시들이 보통 성인 남자보다 장수한 것으로도 증명이 될 것이다.

*　　　　*　　　　*

다음 날 오전 10시.

태호가 오늘도 자신의 방에서 잠시 읽고 싶던 책을 읽고 있는데 전혀 예상치 못한 방문자가 있었다. 사전에 태호의 내락을 받아 정 비서실장이 데리고 들어온 사람은 알왈리드 빈 탈랄 킹덤홀딩스 회장이었다.

그가 정 비서실장의 안내를 받아 비서실장인 무자디디와 함께 들어온 것이다. 이에 태호가 그의 손을 정중히 맞잡았다.

"김태호입니다."

"정식 이름은 알왈리드 빈 탈랄 빈 압둘라지즈 알사우드이나 그냥 알왈리드라 부르시면 됩니다."

"하하하! 알겠습니다."

그의 긴 이름을 듣는 순간 어느 만담가의 이야기처럼 물에 빠진 아이의 긴 이름을 부르다 결국은 구할 시간을 놓쳐 익사시키는 장면이 연상되어 태호가 웃음을 짓고 있는데 이번에는 효주와 그가 인사를 나누었다.

가볍게 효주의 손끝을 잡는 것으로 두 사람의 인사가 끝나자 태호는 탁자로 그들을 안내했다. 그러며 태호는 효주에게도 함께하기를 권했다. 통상 이런 자리에 효주를 끼워주는 예는 없었다.

그러나 이번만은 특별한 케이스라서 예외를 둔 것이다. 즉, 오늘 찾아온 사람이 아랍 제일 부호로 전 세계에 많은 호텔도 소유하고 있으므로 호텔을 경영하고 있는 효주에게도 큰 도움이 될까 해서 참석시킨 것이다.

아무튼 양측이 자리를 잡자 정 비서실장의 사전 지시가 있었는지 지배인이 생수는 물론 각종 음료수를 들고 나타나 컵과 함께 탁자 위에 놓고 나갔다. 곧 알왈리드가 자신이 찾아온 용건을 말하기 시작했다.

"회장님도 아시는 바와 같이 저는 투자가입니다. 그런데 제 투자에는 하나의 원칙이 있습니다. 관련 정보를 세밀히 분석하는 것 외에도 가급적 현장을 답사하고 오너와의 인터뷰도 진행해 사람 됨됨이와 경영 철학을 파악하는 것입니다. 따라서 이번 방문은 그런 차원이니 회장님께서 너그럽게 양해해 주시기 바랍니다. 아니, 더 정확히 말하면 회장님께 한 수 배우고 싶어 찾아왔습니다. 회장님이 투자하시는 곳을 보면 미래가 보인다고 할까, 개안을 하는 느낌이라서요."

"별말씀을. 그래, 내게 묻고 싶은 것이 있소?"

"회장님이 투자하는 기업이나 M&A하는 기업을 유심히 지켜보았습니다. 그런데 대부분이 범인이 생각지 못한 기업이 많더군요. 그렇지만 이후 세밀히 분석해 보니 상당히 매력 있는 기업이 많았습니다. 그래서 저도 얼마 전에는 회장님을 따라 애플 주식 5%를 매입했습니다."

"네?"

"왜 그렇게 놀라십니까? 뭐가 잘못되었습니까?"

"그건 아니지만 나를 따라 했다는 것은 듣기 좋은 소리이고, 나름 애플 주식을 매입한 근거가 있을 것 아닙니까?"

"물론 나름대로의 판단이 있었습니다. 비록 애플이 퇴출 위기에 몰려 있었지만, 회장님이 대주주로 등극하시고 거기에 스티브 잡스까지 복직시키는 것을 보고 때는 이때다 싶었죠. 애니메이션 '토이스토리'로 픽사를 키운 잡스의 가능성에 한국 재계 서열 15위에서 이제는 명실공히 한국을 넘어 세계적인 그룹으로 성장시킨 회장님의 비상한 능력이라면 애플이 세계적인 대회사로 클 것이라는 믿음이 있었죠."

"주당 얼마에 사들였습니까?"

"30달러입니다."

"허허, 거참……."

"뭐가 잘못됐습니까?"

"아니오. 분명 3년 안에 주당 100달러가 넘을 것이니 그대로 갖고 계시는 게 좋을 것 같소."

"네, 그렇게 하도록 하겠습니다."

이 한마디의 다짐으로 알왈리는 채 삼 년이 아닌 2년 만에 주가가 주당 100달러 이상을 기록함으로써 대박을 치게 된다.

아무튼 금년 45세로 태호보다 네 살 나이가 많은 그는 그의 비서실장 무자디디가 사우디아라비아 석유 부장관으로 세계 유가를 주무르던 야마니 밑에서 석유부 차관을 지낸 거물이라는 것만 보아도 그의 위상을 짐작할 수 있을 것이다.

1980년 컨테이너 박스에서 시작된 그의 꿈은 씨티 투자로 세계적인 '큰손'으로 부상함과 아울러 그의 명성을 세계에 알리는 계기가 되었다. 알왈리드는 1991년 씨티은행에 5억 9,000만 달러를 투자했다.

당시 씨티은행은 중남미 국가에 빌려준 대출과 부동산 사업에 막대한 손실이 나면서 위기에 빠져 있었다. 사우디 재무장관을 지낸 아버지도 '부도 직전이라는 소문이 있다'며 아들을 말렸다.

하지만 알왈리드는 치밀한 연구 끝에 씨티은행의 주가가 자산 가치에 비해 저평가됐다는 판단을 내렸다. 1년 전 사들인 지분까지 합치면 총 투자액은 7억 9,700만 달러로 씨티은행 지분의 15%에 달했다. 이 대담한 배팅은 알왈리드에게 엄청난 이익을 안겼고, 그를 세계적인 투자자의 반열에 올려놓았다.

알왈리드의 투자 영역은 다양했다. 지역적으로 중동은 물론 미국·중국·유럽·아프리카까지 손길을 뻗고 있었다. 펩시콜라 같은 전통 기업부터 정보기술(IT) 기반 기업에도 투자한다.

거대 미디어그룹 타임워너와 뉴스코프에 투자했으며, 사우디 최대 미디어그룹 로타나를 소유하고 있다. 로타나 그룹은 23개의 TV 채널, 영화사까지 갖춘 아랍 최대의 미디어 기업이다. 투자 관계를 맺고 있는 루퍼트 머독의 21세기 폭스사가 로타나 지분 19%를 갖고 있다.

알왈리드는 '호텔왕'으로도 불릴 만하다. 럭셔리 호텔 체인인 포시즌, 페어몬트와 독일 뫼벤픽 리조트그룹의 대주주이다. 그의 사무실엔 상징적인 사진이 걸려 있다.

무슬림들이 신성시하는 메카의 카바신전 앞에 세계에서 세 번째로 높은 알베이트타워(120층)를 중심으로 초고층 빌딩들이 들어서 있는 사진이다. 아직은 아니지만 자신이 미래에는 그렇게 하겠다는 선명한 이미지 트레이닝을 하기 위해서이다. 훗날의 일이지만 실제로 그는 이 꿈을 이루었다.

세계 부호들의 순위를 매기는 경제 매거진 포브스의 재미있는 점은 포브스가 그를 자수성가형 부자로 분류했다는 것이다. 포브스는 재산 규모와 함께 '자수성가지수(Self made score)'를 발표한다.

1에서 10까지 점수를 주는데 1은 요즘 말로 '금수저'쯤 되고 10은 '흙수저'라고 보면 된다. 그런데 알왈리드는 9점으로 흙수저 출신 부자로 평가됐다. 쿠바 이민자 아버지 밑에서 성장한 아마존의 제프 베저스(8점)보다 부모덕을 덜 봤다는 얘기이다.

알왈리드의 할아버지는 사우디아라비아를 건국한 압둘아지즈 알 사우드 초대 국왕이다. 외할아버지는 리아드 엘 솔 레바논 초대 총리이다. 출생 배경만 보면 '금수저'를 물고 태어났지만 성장 과정은 불우했다.

그는 아버지와 이혼한 어머니와 레바논에서 자랐다. 고교 시절엔 할아버지와 외할아버지를 모욕한 교사의 배를 주먹으로 때려 퇴학당하기도 했다. 그가 아버지로부터 받은 자금은 고작 3만 달러(3,600만 원)에 불과했다.

그 돈으로 컨테이너 사무실을 마련했다. 사업 초창기엔 자금이 모자라 아내의 목걸이를 팔아야 했고, 씨티은행에서 100만 리얄(3억 2,100만 원)을 대출 받기도 했다.

알왈리드의 투자 방식은 석유에 의존하는 다른 사우디 기업인들과 완전히 달랐다. 오히려 월스트리트 스타일에 가까웠다. 그가 '아라비아의 워렌 버핏'으로 불리는 이유이다. 그런 그가 돌연 심각한 얼굴로 태호에게 말했다.

"한국의 기업 중에는 SW그룹과 몇몇 그룹만이 괜찮고 나머지는 문제가 많은 것 같습니다. 정부도 분명 이를 인지하고 있을 텐데, 기업 구조 조정에 너무 시일을 질질 끌고 단안을 내리지 못하니 큰 외환 위기가 닥친다고 해도 그렇게 놀라운 일이 아닐 것입니다."

"뭐라고?"

'외환 위기' 운운에 태호가 깜짝 놀라는 표정을 짓자 그는 세 번째로 같은 말을 뱉어냈다.

"뭐가 잘못됐습니까?"

"아, 아니오."

태호가 급히 손을 내젓기는 했지만 그의 예리한 분석에 내심 깜짝 놀랐다.

자신은 전생의 기억에 의존하지만 면밀한 분석을 통해 한국의 외환 위기를 거론하다니, 괜히 이 사람이 워렌 버핏과 동렬 선상에 놓고 비교되는 것이 아니라는 생각과 함께 친밀하게 지내야겠다는 생각을 했다. 이 생각은 곧 행동으로 옮겨져 새삼스럽게 그의 손을 다시 잡은 태호가 말했다.

"당신의 통찰력이 보통이 아니오. 나도 그런 생각을 했소. 참으로 놀라운 식견이오. 당신과는 다른 종교의 말을 빌려 이야기하는 것이 미안한 일이긴 하지만, 동양의 불교에서는 전생에서 천 번 이상의 만남이 있어야 현세에 와서 옷깃을 한 번 스치는 인연이 있다 했소. 한데 우리가 오늘 이렇게 만나 허심탄회하게 이야기할 수 있는 것은 전생부터 수많은 인연이 있었을 것이오. 따라서 앞으로는 보다 친밀하게 지내며, 서로 속마음까지 터놓고 이야기할 수 있는 친밀한 사이가 되도록 합시다."

"그 말은 김 회장의 말씀 전에 내가 하고 싶던 말이기도 하오. 전적으로 동감이오. 하하하!"

이것이 계기가 되어 두 사람은 나이를 떠나 간담상조(肝膽相照)하는 친밀한 사이가 되었다.

11월 중순의 하늘은 금방이라도 푸른 물감을 뚝뚝 떨어뜨릴 듯 푸르렀다. 햇살은 맑고 눈이 부셨다. 바람이 건 듯 불었다. 보도 위에 떨어진 낙엽이 바람에 휩쓸려 정처 없이 어디론가 길을 떠나고 있었다.

태호가 지금 걷고 있는 곳은 미국 성조기가 흰 바탕에 빨간 줄이 선명한 모습으로 펄럭이고 있었고, 도로에는 자동차들이 이따금씩 빠른 속도로 지나치고 있었다.

미국 중부 네브래스카 주의 주도(洲都) 오마하. 한적한 미국 소도시 오마하의 파르남 가(Farnam street) 36번지에 태호가 멈추어 섰다. 도심이지만 빌딩이 드문드문 서 있고 거리에는 사람들이 어쩌다 눈에 띌 뿐이었다.

멈추어 선 태호는 키위트 플라자(Kiewit Plaza)라는 빌딩을 둘러보고 있었다. 14층으로 된 크지 않은 은회색 빌딩이었다. 태호가 이 빌딩을 방문할 생각을 한 이유는 이 빌딩의 꼭대기층에 있는 버크셔 해더웨이(Berkshire Hathaway Inc.) 본사 사무실을 방문하기로 했기 때문이다.

버크셔 해더웨이는 워렌 버핏(Warren Buffett)이 회장으로 있는 회사이다. 키위트 플라자 빌딩 앞에 서자 태호는 신기함, 파격 같은 단어가 떠올랐다. 이곳에 오기 전까지 버크셔 해더웨이 본사 사무실이 제법 규모가 클 것이라고 짐작했는데, 막상 앞에 서자 믿기지 않을 정도로 소박했기 때문이다.

우선 키위트 플라자 빌딩 자체가 작았다. 이 빌딩은 14층으로 이루어져 있는데, 1개 층의 면적이 얼추 1,000제곱미터(약 300평)에 불과해 보였다(실제 1개 층의 면적은 929제곱미터였다). 게다가 버크셔 해더웨이는 이 빌딩 전체가 아니라 꼭대기 층만을 사용하고 있었다.

아무튼 버크셔 해더웨이 사무실은 극소수에게만 출입이 허용되었다. 버크셔 해더웨이를 운영하는 경영진도 이 사무실에 들어가 본 적이 없는 경우가 대부분이었다. 워렌 버핏은 일주일에 단 몇 사람만 만나며 인터뷰도 거의 하지 않았다.

그런 건물로 태호는 서슴없이 접근했고, 경비원에게 자신의 이름을 밝히는 것만으로도 건물 내부로 들어갈 수 있었다. 물론 사전에 비서진에서 워렌 버핏의 승낙을 받아놓았기 때문에 가능한 일이다.

수행원은 달랑 한 명. 정 비서실장이 아닌, 지금은 상무이사로 승진한 M&A팀장 김종현을 통역 요원으로 선정하여 데리고 가고 있는 것이다. 지금 태호의 영어 구사 능력은 통역이 필요 없을 정도로 능수능란했다.

그렇지만 김종현에게 배움의 기회를 주기 위해서 동행한 것이다. 태호가 이 건물의 제일 꼭대기 층에 도착해 보니 널찍한 복도를 중심으로 양쪽에 방이 마련돼 있고, 그중 한 개에 워렌 버핏의 명패가 붙어 있었다. 태호가 노크를 하니 들어오라는 그의 말이 곧 들려왔다.

두 사람이 사무실 안으로 들어서니 무언가를 읽고 있던 그가 급히 일어나 태호를 맞았다.

"어서 오시오. 정말 한번 만나 뵙고 싶던 분을 오늘에서야 뵙게 되는구려. 영광이오."

"감사합니다. 꼭 한번 뵙고 싶었습니다."

그가 내민 손을 정중히 맞잡은 태호는 그가 권하는 대로 소파로 향했다. 그리고 태호는 앉기 전 사방을 둘러보았다. 사무실 내부는 대부호가 업무를 보는 곳이라는 생각을 할 수 없을 정도로 너무나 소박하고 단출했다.

워렌 버핏의 책상 위에는 방금 보다 만 '월스트리트저널', '오마하 해럴드' 등의 신문이 놓여 있고, 곧이어 서가로 눈을 돌리니 그곳에는 벤저민 그레이엄의 '증권 분석'과 '현명한 투자자' 같은 책들이 꽂혀 있었다. 한쪽 벽면에는 워렌 버핏의 아버지인 고(故) 하워드 버핏의 초상화도 걸려 있었다.

마치 조용하고 단출한 시골 도서관의 분위기인 사무실 둘러보기를 마친 태호가 자리에 앉자 워렌 버핏 또한 비로소 자리에 앉으며 뜬금없는 질문을 했다.

"아마 올 연말이면 타임지에서 당신을 '올해의 인물'로 선정할 가능성이 매우 높은데 본인은 어떻게 생각하오?"

"그런 것에는 별로 개의치 않고 생각해 본 적도 없습니다, 선생님."

태호의 '회장'이 아닌 '선생님'이라는 호칭이 의외인지 잠시 놀란 빛이던 그가 미소 띤 얼굴로 말했다.

"나는 당신의 투자를 정말 의외라고 생각하고 있소. 보잉과 경쟁에서 뒤처지는 더글러스사의 상업 부문을 인수한 것은 그렇다 쳐도 아무도 거들떠보지도 않는 애플을 대량 인수하여 그 주인이 된 것 하며, 그래도 마이크로소프트 주식을 대량 보유하고 있고, 야후에 초기에 투자했다 신속히 되팔아 치운 실력 어느 하나 예사롭지 않은 것이 없어 나도 늘 당신의 행보를 주목하고 있었소."

"그렇게 말씀하시면 어떻게 하십니까? 한 수 배우러 온 사람에게."

"하하하! 내게 한 수 배우는 것이 아니라 한 수 가르쳐 주시오."

"선생님, 그만 부끄럽게 하시고, 궁금한 점이 하나 있습니다. 지갑을 한번 보여주십시오. 선생님의 지갑에는 얼마나 많은 돈이 들어 있는지 궁금합니다."

"하하하! 당신도 정말 괴짜로군. 나에게 그런 질문을 하는 사람은 당신이 처음이오."

말을 하며 그가 지갑을 꺼내 보여주는데 우선 눈에 들어오는 점은 지갑이 굉장히 낡았다는 점이다.

그리고 지갑 안을 열어 보여주는데 달랑 1달러짜리 지폐 한 장만 들어 있어 두 사람을 깜짝 놀라게 했다. 두 사람의 놀라는 모습을 본 워렌 버핏이 웃음 띤 얼굴로 입을 떼었다.

"사실 나로서는 돈을 가지고 다니지 않아도 큰 불편을 느끼지 않기 때문에 가지고 다니지 않는 것이고, 단지 1달러를 가지고 다니는 것은 모든 돈의 출발이 1달러이기 때문이오. 즉, 아무리 큰돈도 1달러부터 모으지 않으면 만들 수 없는 게 진리인지라 작은 돈부터 소중히 여길 줄 알아야 된다는 생각에 그 정신을 잊지 않기 위함이지요."

"역시 선생님도 범인과는 다른 괴짜로군요. 그런 선생님의 행복론은 무엇입니까?"

그가 만면에 미소를 띠고 느긋한 표정으로 답했다.

"행복론이라면 내가 분명히 정의할 수 있소. 내가 바로 그 표본이기 때문이오. 나는 일 년 내내 좋아하는 일만 합니다. 좋아하는 일을 좋아하는 사람들과 함께할 뿐, 내 속을 뒤집어 놓는 사람들과는 관계할 필요조차 없소. 일을 하면서 유일하게 싫은 것이 있다면 3, 4년에 한 번씩 누군가를 해고해야 한다는 사실일 것이오. 그것만 빼면 문제될 게 없지. 나는 탭댄스를 추듯이 일터에 나가 열심히 일하다 가끔씩 의자에 등을 기댄 채 천장을 바라보며 그림을 그리곤 하오. 이것이 내가 행복을 느끼는 방식이오."

"대개의 주식 투자자들은 굴리는 돈이 많지 않습니다. 만약 굴리는 돈이 많지 않다면 어떻게 하시겠습니까?"

태호의 이어 던진 질문에 워렌 버핏이 답변했다.

"내가 만약 굴리는 돈이 많지 않다면 공격적으로 투자해서 지금보다 훨씬 높은 수익률을 올리고 있을 겁니다."

사실 이것은 수학적으로도 증명된다. 100달러를 1,000달러로 늘리는 것은 그리 어렵지 않다.

그러나 1만 달러를 10만 달러로 늘리는 것은 상당한 능력이 필요하다. 같은 비율이라 해도 액수가 클수록 난이도가 높아지기 때문이다. 이는 소액을 운용하는 개인 투자자가 오히려 투자 수익을 높이기에 유리하다는 것을 의미한다.

아무튼 워렌 버핏은 돈이 많지 않던 초기에도 가치투자를 했고 지금도 이 원칙이 바뀌지 않았다. 원칙은 투자의 이정표이다. 원칙이 바뀌면 그것은 원칙이 아니다. 두 개의 상반되는 원칙을 갖고 있다면 어느 한 가지의 원칙도 갖고 있지 않다는 말과 같다.

"선생님의 성공 비결은 무엇입니까?"

"당신이 좋아하는 일을 하라. 돈이 아니라 당신이 좋아하고 사랑할 수 있는 일을 하라. 그러면 돈은 저절로 굴러들어 온다는 것이 나의 답이오."

"너무 피상적인 말씀이고, 좀 더 구체적인 답변을 들을 수 없을까요?"

"허허, 이거 오늘 단단히 잘못 걸린 것 같은데. 마치 기자를 만나는 기분이오. 나로서는 당신에게 한 수 배울 기회가 있을까 해서 기꺼이 만난 것인데 말이오."

"선생님이 답변을 해주시면 저도 선생님의 질문에 기꺼이 답해드리겠습니다."

"좋소."

금년 66세인 그의 나이를 감안해 태호는 시종일관 워렌 버핏을 예우했다.

"우선 나는 가치투자의 원칙을 지키면서 기업을 발전시켜 왔소. 그리고 1970년대 후반 들어선 기업의 자산 가치보다는 수익 가치에 관심을 갖기 시작했소."

여기서 자산 가치란 기업의 순자산이 시가총액보다 많을 경우 안전 마진이 있는 것으로 보고 투자하는 것을 말한다.

반면 수익 가치란 기업이 지금 어느 정도의 수익을 내고 있고, 향후에도 수익을 낼 수 있을 것인가를 기준으로 투자를 하는 것을 말한다. 그는 성장주의 가치 투자자인 필립 피셔(Philip Fisher)의 이론을 받아들인 것을 계기로 이같이 전환했다.

그레이엄이 대공황의 참상을 목격하고 보수적인 관점에서 주식시장을 바라봤다면, 피셔는 기업의 미래 가치와 역동성에 기반을 둔 투자를 강조했다. 피셔는 주가는 결국 기업 실적의 반영이며, 가격은 싸지만 지속적으로 수익을 내지 못하는 기업의 주식을 매입하는 것은 고장 난 차에 돈을 쓰는 것과 같다고 보았다.

자산 가치와 수익 가치는 장단점이 있다. 자산 가치는 기업의 사업보고서에 명확히 드러나 있기 때문에 평가가 쉽다는 장점이 있지만 워렌 버핏은 이를 피우다 만 담배를 다시 피우는 '담배꽁초식 투자'라고 평가했다.

수익 가치는 기업의 장기적 전망에 근거한 투자로 투자자에게 높은 수익을 가져다주지만 평가가 쉽지 않다는 한계가 있다. 본질적으로 불확실할 수밖에 없는 기업의 미래에 근거한 투자는 실패의 위험이 도사리고 있다.

워렌 버핏은 미래 예측의 불확실성을 제거하기 위해 기업 매입의 첫째 기준으로 '기업이 단순한 비즈니스 모델을 갖고 있는가'를 따지고 있었다.

단순한 비즈니스를 가진 기업의 미래는 변수가 많지 않기 때문에 예측이 용이하다고 본 것이다.

워렌 버핏이 수익 가치에 기반을 두고 찾아낸 종목은 코카
콜라, 아메리칸 익스프레스, 질레트, 프레디 맥, 월파고, 가이
코 등이었다. 이런 종목들은 그에게 고수익을 안겨주었다.

둘째, 원칙에 충실했다는 점을 들 수 있다. '다우의 개' 이론
으로 잘 알려진 미국의 주식 연구가 제임스 오쇼너시(James
P. O'shaughnessy)는 미국의 주식시장에 관한 통계적 조사로
유명하다.

그는 '시장을 지속적으로 이긴 투자자들은 투자 전략을 일
관되게 고수했다는 공통점을 갖고 있다'고 결론지었다. 1920년
대 이후 미국 주식에 관련된 방대한 통계와 자료를 분석한 결
과였다.

그는 또한 '시장 상황에 따라 이런저런 원칙들을 바꿔 주식
을 매입할 경우 더 높은 수익을 낼 것 같지만 결국 시장을 이
기지 못했다'고 덧붙였다. 워렌 버핏은 주식시장에 고평가 시
기가 도래하면 투자를 자제하거나 접을 줄 알았다.

이는 웬만한 투자가는 쉽게 따라 하기 어려운 미덕이다.
군중심리, 혹은 시장의 심리에 휩쓸리지 않는 것은 어지간한
투자의 대가도 쉽지 않은 일임을 주식시장의 역사는 보여주
고 있다.

워렌 버핏은 1969년 주식시장이 고평가돼 있다고 선언하고

투자 조합을 해산함으로써 투자 손실을 비켜갈 수 있었다. 이후 1986년, 1999년의 두 시기에도 워렌 버핏은 주식시장이 고평가돼 있다고 경고했다.

그는 1986년 저금리의 영향으로 주식시장의 초강세장이 펼쳐지자 '지금 시장에서 저가 매수 종목을 찾지 못하겠다'고 털어놓고 보유 주식 수를 줄여 나갔다. 1987년 그는 캐피털 시티즈, 가이코, 워싱턴 포스트 등 세 종목만을 남겨놓았다

그 경고가 있은 지 1년이 지난 1987년 미국의 주식시장은 대폭락을 시작했다. 그해 10월 29일은 미 증시의 역사에 '검은 금요일'로 기록돼 있다. 워렌 버핏은 보유 주식을 줄인 덕분에 손실을 피해갈 수 있었다.

워렌 버핏의 공식 직함은 버크서 해더웨이 회장이다. 그는 투자가로 알려져 있지만 75개 자회사를 거느린 거대 기업의 최고경영자이기도 하다. 워렌 버핏의 경영 스타일은 자회사의 최고경영자에게 완벽한 자율성을 보장한다는 점이다. 그는 간섭하지도, 감시하지도, 추궁하지도 않았다.

이것이 경영자의 우상으로 존경받는 잭 웰치와 차이를 보이는 부분이다. 잭 웰치는 GE를 미국의 최고 기업의 하나로 키우는 과정에서 불도저 같은 리더십을 보여주었다. 업무 처리를 제대로 못하는 임직원을 향해 대놓고 모욕을 주었고, 심지어 사표를 요구했다는 사실을 그는 자서전에서 숨기지

않았다.

무능한 직원은 웰치에게는 '사람'이 아니었다. 그는 끊임없이 감시하고 평가하고 추궁했다. 이런 경영 스타일을 그는 기업의 번영과 효율성 재고라는 명분으로 정당화하고 있었다. 지금도 세계 각국의 경영자들은 웰치의 강연과 책을 듣고 읽으며 그를 따르려 한다.

하지만 진정한 리더십이란 구성원의 협력을 자발적으로 이끌어내고 이들이 능력을 발휘할 수 있도록 북돋아주는 것이다. 워렌 버핏은 이 점에서 최고경영자로서도 더할 나위 없는 리더십을 보여주고 있었다.

버크셔 해더웨이 자회사 최고경영자의 거의 유일한 의무는 실적을 내는 것이다. 어떤 전략과 방식으로 실적을 내야 하는가는 전적으로 해당 최고경영자의 자율 권한이다. 이런 방식으로 운영되면서도 버크셔 해더웨이의 주가는 해마다 상승하고 있었다.

자회사 최고 경영자들이 해마다 실적을 개선하면서 버크셔 해더웨이의 기업 가치가 증대되고 있기 때문이다. 어떻게 이것이 가능할까? 이에 대해 태호가 질문을 던졌다. 이에 대한 워렌 버핏의 대답은 이러했다.

"처음부터 능력이 검증된 최고경영자를 선발하는 것에서 비롯되오. 애초에 잘하는 사람을 뽑으니 나중에 간섭할 필요가 없다는 말이죠. 또 우리는 좋은 기업일 뿐만 아니라 수준 높고 재능이 있으며 호감이 가는 경영자가 운영하는 기업을 사들이려 노력하오. 만일 우리와 손잡는 경영자에 대해 우리가 판단을 잘못했을 경우 우리는 변화를 행사할 권한이 있기 때문에 상대 회사에 대해 어느 정도 유리한 점이 있소. 그러나 현실적으로 유리한 점은 이상적인 차원에 머무는 경향이 있소. 경영진 교체는 마치 이혼처럼 고통스럽고 시일이 오래 걸리며 위험 부담이 크오. 사람을 자르는 일은 내가 가장 싫어하고 유일하게 고통을 느끼는 일이기도 하오."

자회사의 최고경영자들은 그 회사의 오너였다가 지분을 매각하고 경영을 맡고 있는 경우가 많았다. 이들은 자신이 맡은 사업을 건강이 허락하는 한 운영할 수 있었다.

네브래스카 퍼니처 마트의 로즈 블룸킨 여사는 104세까지 회사 경영을 맡았다. 60대가 되면 물러날 각오를 해야 하는 기업 풍토에서 비켜서 있다는 사실을 알 수 있는 일화이다. 워렌 버핏은 자회사를 일단 매입하면 다시 매각하는 법도 없었다.

아무튼 태호가 질문을 끝내자 이번에는 워렌 버핏이 태호에게 물었다.

"IT 업종은 향후 어떻게 될 것 같소?"

"너무 고평가되어 있지 않나 생각합니다. 세기가 바뀌면 아마 그 거품이 꺼져 손실을 보는 사람이 많을 것으로 생각하고 있습니다."

"흐흠! 나도 한번 진지하게 검토를 해봐야겠군. 그런데 내가 알기로 귀하가 하는 M&A는 실패한 것이 없는 것으로 아오. 특별한 비결이라도 있소?"

"시대의 흐름을 읽는다고 할까? 앞으로는 이 분야가 유망하고 또 지금은 이 업종이 어려움에 처해 있지만 크게 성장할 것이라는 판단이 있다면 거기에 경영자의 자질, 그리고 보면 선생님과 대동소이한 것 같습니다."

"허허, 그런가요?"

"끝으로 선생님께 한 가지 부탁드리고 싶은 게 있습니다."

"얼마든지."

"제가 보기에 동남아 각국은 물론 제 모국인 한국도 환란의 조짐이 보입니다. 만약 제 예측이 현실로 다가온다면 특히 제 모국에 많은 관심을 갖고 투자를 해주시면 정말 감사하겠습니다."

"허허, 장담할 수는 없지만 가능한 그렇게 하기로 합시다."

"감사합니다, 선생님."

태호가 워렌 버핏을 만난 진정한 목적은 바로 이것이었다.

그와 같이 한 종목을 사면 오래 가지고 있는 건실한 투자가가 환란 시 한국의 기업을 사들여 성장할 때까지 기다려

준다면 투기 자본에 휘둘리는 것보다 백 번 낫기 때문에 그의 투자를 이끌어내기 위해 오늘의 방문을 성사시킨 것이다.

아무튼 태호가 직접 만난 워렌 버핏은 검소하고 성실하다는 인상을 주었다. 그가 입은 양복은 잘해야 '페이리스(Payless)' 패션 같았고 구두는 허름했다. 또 그는 솔직했고 상대를 배려하는 태도를 잃지 않았다. 그는 상대가 어떤 질문을 하더라도 최선을 다해 대답을 하는 자세를 보여주었다.

거대 기업의 최고경영자이지만 '경영자' 하면 떠오르는 것과는 동떨어진 경영 스타일을 갖고 있었다. 방문객을 주눅 들게 만드는 본사 건물, 천문학적인 스톡옵션이나 구호가 난무하는 경영 혁신, 권위적 리더십을 워렌 버핏은 멀리했다.

그는 겉보기의 화려함보다는 내면의 만족을 중요한 가치로 여기는 인생을 보내고 있었다. 그에게는 삶의 여유, 유머와 관조의 미학이 넘쳐났다.

제5장

투자왕 Ⅱ

해가 바뀐 1997년 3월 초.

3월이 되었어도 아직 날씨는 쌀쌀했다. 이 날도 추운 느낌이 들어 태호는 난방 대신 두꺼운 외투를 그냥 껴입고 정 비서실장과 대화를 나누고 있었다.

"편봉호는 여전한가?"

"네. 자신이 잘 모르는 전자와 건설 업종에 대대적으로 투자한 것도 모자라 이제는 더욱 생소한 자원 분야까지 기웃거리고 있으니 참으로 안타깝습니다."

"내버려 두시오. 소 회장은 그래도 나에게 와서 경영 자문이라도 받고 자신이 맡은 업종이나마 성장시키기 위해 열심히 노력하는데 이건……."

고개를 흔들던 태호가 계속해서 말했다.

"하여튼 너무 외형 확장에만 신경 쓰고 또 옛 삼원의 이름만 믿고 무조건 대출을 해주는 은행까지 한번 쓴맛을 보아야 단단히 정신을 차릴 것이오."

이때였다. 똑똑 노크 소리가 들려온 것은.

"들어와요."

계 양이 문을 열고 말했다.

"야후의 제리 양(Jerry Yang)이라는데 바꿔 드릴까요?"

"당연히 받아야지. 전화 바로 돌려줘요."

"네, 회장님."

곧 전화기를 집어 든 태호가 야후의 창업자 제리 양과 통화를 하기 시작했다. 지금은 그 회사 주식을 다 팔아치웠지만 여전히 교분은 이어오고 있었으므로 둘은 가끔 통화하는 사이였다.

"잘 지냈소?"

─네, 회장님. 다름이 아니라 구글을 우리 회사에서 인수했으면 하는데, 저는 생각이 없고 회장님의 생각은 어떠신가 해서…….

구글의 매각이라는 말에 태호는 내심 소스라치게 놀라 '뭐요?'라고 소리치고 싶은 충동을 간신히 억제하고 마음을 느긋하게 먹으려 애쓰며 제리 양이 왜 구글을 인수하지 않는지에 대해 물었다.

"왜 당신이 인수하지 않고?"

—구글의 검색 성능이 너무 뛰어나 사용자가 너무 빨리 포탈에서 벗어나는 경향이 있습니다.

이 말인즉슨 당시 웹 페이지 광고가 주 수입원이던 포탈의 입장에서 보면 정말 도입하기 어려운 기술이라는 말이었다.

"그런 이유가 있었군. 그래, 매각 대금은 얼마라 하오?"

—100만 달러면 족하답니다.

"그래요? 내가 당장 인수한다고 하고, 잠시 기다리라 하시오."

—정말 인수할 가치가 있는 겁니까, 회장님?

"내가 볼 때는."

—제가 볼 때는 아니던데요?

"여러 소리 하지 말고 내 말이나 꼭 전해주고, 그 결과를 전화로 부탁드리오."

—네, 회장님.

그로부터 채 30분도 되지 않아 제리 양으로부터 전화가 와서 그들이 기다리고 있겠다는 말을 전하자, 태호는 바로 스탠퍼드대가 있는 미국 캘리포니아 주(州) 산타클라라 카운티를 향해 비행기를 띄웠다.

3월 5일 목요일.

태호는 스탠퍼드대 구내식당에서 두 인물을 만나고 있었다. 머지않아 구글의 공동 창업자가 되는 래리 페이지(Larry Page)와 세르게이 브린 (Sergey Brin)이었다.

옆에는 정 비서실장이 배석하고 있었다. 정 비서실장도 늦은 나이에 영어 공부에 뛰어들어 지금은 웬만한 말은 영어로 구사할 수 있을 만큼의 능력을 구비하고 있는 상태였다.

두 사람과 대좌한 태호가 거두절미하고 물었다.

"구글을 매각하겠다고요?"

"네."

"얼마에?"

이미 두 차례 매각 실패의 경험이 있어서인지 태호의 물음에 주저하며 눈치를 보던 래리 페이지가 자신 없는 투로 답했다.

"100만 달러입니다."

"허허!"

잠시 생각하던 태호가 답했다.

"안 사오."

"네?"

기껏 만나자고 하더니 안 산다는 태호의 말에 처음에는 놀람, 그다음은 '그러면 그렇지'라는 표정으로 전이된 두 사람의 표정을 보고 싱긋 미소 지은 태호가 의외의 말을 꺼냈다.

"내가 구글을 사는 대신 나는 두 사람이 공동으로 그 검색 엔진 기술을 기지고 창업을 해주었으면 좋겠소."

잠시 망설이던 브린이 말했다.

"생각이 없는 것은 아니나 그렇게 되면 창업 자본금이 필요한데……."

"그 자본금은 내가 얼마든지 대주겠소."

"정말이십니까?"

"물론이오."

확실하게 답한 태호의 발언이 이어졌다.

"초기 자본금으로 일단 1천만 달러를 내드리겠소. 그리고 이후에도 자금이 더 필요하면 언제든지 말만 하시오. 하고 내 지분은 34%면 되오. 그렇게 되면 셋이 사이좋게 지분을 나눠 갖는 것 아니겠소? 물론 당신들보다 내가 1%의 지분을 더 소유하는 것이지만, 당신들 지분을 합치면 66%. 얼마든지 경영권 방어든 무엇이듯 할 수 있을 것이오. 어떻소, 내 제안이?"

태호의 제안에 두 사람이 잠시 자리를 떠나 의논하더니 곧 돌아와 답했다.

"좋습니다. 그 제안을 받아들이도록 하겠습니다, 회장님."

"거기에 또 하나의 조건이 있소."

"말씀하시죠."

"내가 볼 때 두 사람은 너무 나이가 젊어 둘이 최고경영자라 한다면 외부의 시선이 썩 유쾌하지만은 않을 것이오. 따라서 회장은 다른 사람을 영입했으면 좋겠소."

73년생으로 저들의 나이로 만 24세도 안 된 동갑의 두 젊은이는 또 소곤소곤 의논하더니 레리 페이지가 답했다.

"회장님의 말씀대로 하겠습니다. 우리가 생각해도 우리 같은 젊은 사람이 최고경영자라 하면 시장에 신뢰를 주지 못할 것 같습니다."

"잘 생각했소. 자, 이제부터는 지금까지의 발언 내용을 가지고 계약서를 작성하실까요?"

"물론입니다, 회장님."

이렇게 되어 일은 일사천리로 진행되기 시작했다. 계약서가 작성됨은 물론 같은 산타클라라 카운티에 있는 더글러스사의 한 창고 동을 사무실로 입주하고 정식으로 '구글(Google)'이라는 이름이 세상에 빛을 발하기 시작했다.

이후 이들은 에릭 슈미트(Eric Emerson Schmidt)를 회장 후보로 올리고 그와 접촉을 시도했다. 에릭 슈미트는 썬마이크로시스템즈를 거쳐 노벨의 최고경영자를 역임한 인물이다.

수십 년간 IT 업계에 종사하며 경영자로서의 연륜도 충분했다. 처음 슈미트는 구글을 탐탁찮게 생각했지만 페이지와 브린을 만난 후 생각을 바꾸게 되었다. 둘의 비전과 통찰력에 감탄한 슈미트는 구글의 최고경영자 자리를 승낙했다.

이로써 3각 체제가 완성되었고, 강력한 검색 기능과 검색어 광고를 통한 수익원 확보 덕분에 구글은 매섭게 성장하기 시작했다. 1990년대 말에서 2000년대 초를 강타한 '닷컴버블' 속에서도 구글은 건재했고, 거품으로 가득 찬 회사가 아님을 스스로 입증했다.

이후 구글은 주지하는 바와 같이 승승장구하게 된다. 현재 구글의 기업 가치 약 3,715억 달러(약 416조 원, 2015년 S&P 캐피탈 IQ 조사 기준)를 생각해 보면 애초에 100만 달러에 매각하려 한 이들의 의도에 헛웃음이 나오지 않을 수 없었다.

현실로 돌아와 기왕 미국에 온 김에 더글러스사는 물론 연구소 등 여타 기업을 돌아보려던 태호의 예정은 한 통의 전화로 산산이 부서지고 말았다. 효주로부터의 전화였다.

─아버지가 위독하세요.

"내가 떠나올 때만 해도 괜찮으셨지 않소?"

─당신이 떠나고 채 한 시간도 안 되어 몸이 좋지 않으시다 하기에 병원에 입원시켜 드렸는데, 갑자기 병원에 도착하

자마자 호흡 곤란에 빠지셨어요.

"지금의 상태는?"

─인공호흡기에 의존하고 계시고 의식도 없으세요.

"알았소. 내 모든 일정을 취소하고 바로 귀국하리다."

─네. 그렇다고 너무 서두르진 마시고요.

"알겠소."

전화를 끊고 나니 이상하게 이번에는 일어나지 못할 것 같
은 예감이 들어 태호는 하늘을 우러러보았다.

하늘은 평소와 다름없이 푸르렀고, 날씨는 사철 온화한 날
씨답게 쾌적했다. 한 사람의 생명과는 관계없이 여전히 삼라
만상은 제자리에서 순행하고 있는 것이다.

급거 귀국한 태호는 공항에서 곧바로 장인이 입원해 있는
서울대학병원 특실로 향했다. 그가 특실에 도착하니 장모 박
여사를 비롯해 세 딸과 두 사위가 모두 모여 있었다.

그런데 그들은 병실이 아닌 복도에서 서성거리고 있었다.
이 모습에 태호가 장모 및 주변 사람에게 인사를 하고 효주
에게 물었다.

"왜 밖에 이러고 있소?"

"의사 선생님이 잠시 피해달라고 해서……."

"알겠소."

두 사람이 대화를 더 나누기도 전에 병실 문이 열리더니 반백의 의사와 간호사가 나왔다. 곧 의사가 가족에게 다가와 말했다.

"잠시 정신은 드셨지만 아무래도 오늘을 넘기시기 힘들 것 같습니다."

자신도 더 이상 말을 이어나가기 힘든지 고개를 절레절레 흔든 의사가 간호사를 데리고 사라지자 가족들이 황급히 병실 안으로 들어갔다.

태호 또한 안으로 들어가 장인을 살펴보니 여전히 산소마스크를 쓰고 계신 가운데 눈은 뜨고 계셨다. 그런 그 앞으로 다가간 장모 박 여사가 그에게 물었다.

"여보, 날 알아보시겠어요?"

그녀의 물음에 이 전 명예회장이 고개를 끄덕이더니 손으로 산소마스크를 벗겨달라는 시늉을 했다. 이에 박 여사가 난처한 표정으로 돌아서서 세 딸과 세 사위를 돌아보더니 눈으로 '어떻게 했으면 좋겠느냐?'고 물었다.

이에 태호가 나서서 답했다.

"아무래도 하실 말씀이 계신 것 같습니다."

"무슨 소린가? 떼면 위험하신데?"

편봉호의 말에 태호가 말했다.

"의사 말씀 못 들었습니까? 유언을 남기실 듯하니 떼어드리는 게 낫겠습니다."

이에 소인섭도 동조하는 발언을 했다.

"내 생각도 김 회장과 동일하네."

그러자 편봉호도 침묵으로 간접 승낙을 표시했다.

장모가 떨리는 손으로 산소마스크를 힘들게 벗겨내자 장인이 태호를 제일 먼저 손짓으로 가까이 불렀다. 이에 태호가 침상 가까이 다가가 그의 손을 잡았다. 그리고 무슨 말이든 하라고 그의 얼굴을 바라보나 그의 입에서는 무슨 말인지 알아들 수 없는 웅얼거림만 새어 나왔다.

그런 그의 입을 자세히 보니 입술은 바싹 말라 있고 언뜻 보이는 입안은 백태가 잔뜩 낀 상태로 혀도 반쯤은 말려들어간 듯 보였다. 이에 태호가 황급히 거즈를 물에 적셔 그의 입술을 닦아주고 물을 짜 넣어주자 그의 모습이 한결 편안해졌다.

그러나 여전히 말은 못하고 있었다. 이에 태호가 유언으로 할 말을 생각하며 입을 떼었다.

"아버님이 만약 돌아가셔도 우리 셋은 언제까지나 의좋게 의리 변치 않고 잘 지낼 것이니 너무 심려 마십시오."

태호의 말에 비로소 안심이 되는지 장인 이명환의 얼굴이 한결 더 편해졌다. 그리고 갑자기 태호가 잡은 손에 힘이 주어지는 것 같더니 언제 그랬냐는 듯 힘이 순식간에 사라졌다. 그리고 이내 그의 두 눈이 스스로 감기더니 고개가 옆으로 꺾이듯 돌아갔다.

직감적으로 운명을 안 세 딸과 사위들이 그를 부르며 침상으로 달려들었다.

"아빠!"

"아버님!"

"장인어른!"

한 사람을 부르는 각종 용어가 난무하는 가운데 박 여사만이 홀로 얼굴을 감싸는 것 같더니 병실 밖으로 뛰쳐나갔다. 이렇게 정말 다사다난한 삶을 산 한 사람의 인생이 끝맺음을 했다.

태호는 이 순간 말없이 두 손 모아 축원했다. '이 세상에서 진 그 무거운 짐 이젠 훌훌 다 벗어던지고 이제는 정말 아무 고통 없는 하늘나라에서 편히 쉬시길!' 하며 축원하고 또 했다. 곧 태호는 울음바다가 된 실내를 말없이 삐져나왔다.

복도로 나오니 장모 박 여사가 장의자 한쪽 끝에 앉아 얼굴을 묻고 흐느끼고 있었다. 그러나 말 붙일 계제가 아니라고 판단한 태호는 이내 복도 끝까지 걸어갔다. 그리고 닫혀 있는 창문을 활짝 열어젖혔다.

하늘을 올려다보니 기분만큼이나 음울한 하늘이 펼쳐져 있었다. 비는 오지 않고 있지만 낮게 드리운 회색빛 하늘이 마치 그의 마음과 같이 음울하기 짝이 없었다. 그런 기분을 떨쳐내기라도 하듯 힘차게 고개를 가로저은 태호가 전방에 시선을 주니 나목 숲에 갇힌 고궁의 모습이 눈에 잡혔다.

그 순간 쓸데없는 상념이 불쑥 치밀어 올랐다. 저 고궁에 살던 왕과 그 많던 사람들은 다 어디로 갔을까? 이내 끝 간 데 없는 상념이 펼쳐질 것 같아 태호는 다시 한번 고개를 가로젓고 뚜벅뚜벅 병실로 향했다.

그사이 장모님은 병실 안으로 들어갔는지 안 보였다. 태호가 다시 병실 문을 열고 들어서니 두 사위가 옥신각신하고 있었다. 그러나 태호가 들어서자 소인섭이 태호에게 시선을 주며 물었다.

"김 회장 생각은 어떻소? 오일장? 아니면 삼일장으로 해야겠소?"

"삼일장이 좋겠습니다."

이에 편봉호가 흥분해 침을 튀기며 말했다.

"이렇게 둘 다 싸가지가 없다니까. 전국의 모든 사람이 모여들어 장례를 치르려면 최소 오일장은 되어야 제대로 예를 갖출 게 아닌가? 그런데 뭐? 삼일장? 돌아가시자마자 이제는 나 몰라라 하는 건가?"

"이 사람이 지금 무슨 말을 하는 게야? 그럼 오일장을 해야 제대로 모시는 거고, 삼일장은 제대로 못 모시는 건가? 자네 지금 산적한 현안을 생각해 보라고. 우리가 5일 동안 아무 일도 못 하고 업무 공백이 생긴다면 그 손실은 다 어찌할 셈인가? 그리고 지네는 지금 오일장으로 모셔야 제대로 된 효도를 한다고 생각하는 건가? 다 부질없는 짓이야. 살아생전에 열심히 효도했어야지. 안 그런가, 김 회장?"

"......!"

태호가 말없이 고개를 끄덕이자 편봉호가 한마디 하고 병실을 빠져나갔다.

"에이, 마음대로들 하세요!"

*   *   *

장례는 삼일장으로 결정되었고, 장지 또한 이미 결정되어 있었다. 생전에 이 전 명예회장이 사놓은 산에 이미 가묘까지 조성되어 있는 상태라 이 문제를 가지고는 더 시끄럽게 굴 필요가 없었다.

장지는 실향민인 장인의 마음을 반영하듯 문산 임진각 우측 1㎞ 거리에 있는 산으로 이미 결정되어 있던 것이다. 아무튼 서울대 장례식장에서 이틀간 각계각층으로부터 조문을 받은 후 삼 일째 되는 날.

영구차는 아침 일찍 장지를 향해 출발했다. 살아생전 온화

한 모습의 영정을 든 맏외손자의 선두 차량을 시작으로 수십
대의 차량이 뒤를 따르는 가운데 서울 시내를 빠져나온 차량
들이 일제히 속도를 높이기 시작했다.

통일로인 1번 국도를 따라 질주하던 차량이 이내 한적한 2차
선으로 접어드는가 싶더니 과히 높지 않은 산 앞에서 일제히 멈
추어 섰다.

이미 먼저 온 사람들이 중기를 이용해 가묘를 모두 파헤쳐
놓은 가운데 이명환의 시신이 안치된 관이 장례를 모시는 사
람들에 의해 산을 향해 출발했다.

가며 몇 번씩 쉬며 절을 하고 돈을 요구하는 행위가 있었
지만 이내 관은 임시 천막에 안치되었다. 곧 그 천막을 중심
으로 제를 올리고 이내 흰 광목천에 의해 들린 관이 땅속에
놓였다.

곧 그 관을 향해 흙이 퍼부어지며 관마저 점점 묻히자 곡
성이 더욱 커지는가 싶더니 갑자기 효주가 모로 픽 쓰러졌다.
깜짝 놀란 태호가 황급히 그녀를 부축해 안아 들고 산 밑 자
신의 차량으로 향했다.

그녀를 뒷좌석에 눕히고 태호가 몇 대 볼을 가볍게 때리자
이내 그녀가 천천히 눈을 떴다. 그리고 갑자기 일어나 앉더
니 목 놓아 울기 시작했다.

"우리 아버지 불쌍해서 어떡해요? 우리 아빠 보고 싶으면

이제 난 어떡해요? 엉엉엉!"

넋두리를 하며 울던 그녀가 이내 태호에게 안겨 서럽게 울기 시작했다. 사흘간의 울음으로 이제 눈물도 메말랐으련만, 그녀의 눈에서는 쉴 새 없이 닭똥 같은 눈물이 쏟아져 태호의 앞섶을 다 적셔놓았다.

그러자 태호도 그녀의 울음에 감염된 것인지 다시 눈물샘이 폭발하며 소리 없는 두 줄기 굵은 눈물이 볼을 타고 쉴 새 없이 흘러내리기 시작했다.

*   *   *

장인을 모셔놓고 돌아가는 길.

그간 하늘이 많이 참아준다 했더니 이내 하늘에서 빗줄기가 쏟아지기 시작했다.

봄비가 아니라 여름철 소나기처럼 갑자기 쏟아지는 비에 도로변의 사람들이 머리를 최대한 가리고 이리 뛰고 저리 뛰는데, 태호로서는 이 모습들이 그저 망막에 스쳐 지나가는 행위에 지나지 않았다.

그의 머리에는 끝내 모습을 드러내지 못한 창업 동지들의 모습만이 어른거렸기 때문이다.

전 제과공장장 장태수와 옛 삼원개발의 사장 이대환의 비통한 모습이다.

장례식장에 나타난 그들의 모습은 정말 며칠 사이에 십 년은 더 늙었다 할 정도로 피폐했고, 주변 사람들의 만류에도 불구하고 이틀 밤을 꼬박 새운 그들은 끝내 한 사람은 병원에, 한 사람은 자택에서 몸져누웠다고 한다.

이내 잦아들기 시작하는 빗줄기 사이로 그들의 모습도 사라지자 태호는 퉁퉁 부은 눈에 화장기 하나 없는 효주의 지친 얼굴을 바라보다 슬그머니 그녀의 손을 쥐고 토닥거렸다.

이날 저녁 6시 30분.

삼 일을 새운 관계로 장례를 모시고 나서 잠시 눈을 붙인 딸과 사위들이 박 여사의 전화로 하나둘씩 모여들었다.

가장 늦게 도착한 태호가 거실을 둘러보니 그곳에는 박 여사 외에도 한 사람이 더 있었다.

기획실 내 법무팀의 내로라하는 변호사들을 물리치고 그룹 고문변호사로 임명된, 이 전 명예회장의 지시만 받는 칠순의 변호사 박영준이었다.

그런 그가 가족들 모두가 모인 것을 확인하고는 박 여사에게 동의를 구하는 것 같더니 이내 발언을 시작했다.

"지금부터 이 전 명예회장님의 유서를 공개하겠습니다. 이 유서는 만약을 위해 공증을 필했으며, 유서와 똑같은 내용을 생전 육성으로도 남겨놓으셨으니 다른 사람은 절대 개입할 여지가 없고 변조 가능성도 전무한 내용이라 할 수 있겠습니다. 그럼 각 회장님들 앞으로 남겨놓은 유서를 당사자 내외분만 볼 수 있도록 공개하겠습니다."

말이 끝나자마자 박 변호사는 제일 먼저 장모 박 여사에게 밀봉된 각 봉투를 전해주고, 나머지 사람들에게도 서열 순으로 나누어 줬다.

이에 태호 부부도 제일 늦게 봉투를 받아 칼로 끝을 뜯고 내용을 읽어보니 간단한 당부의 말과 함께 유산이 나누어져 있었다.

[내 생전에 가장 많은 짐을 지고 고생한 우리 가문의 셋째 사위 김태호에게 노파심에서 마지막으로 당부한다. 첫째, 장모를 친어머니와 같이 잘 봉양할 것. 둘째, 부부는 일심동체라는 말을 기억하고 어떠한 일이 있어도 헤어지지 말 것. 셋째, 서열로는 막내지만 내 생전에도 그렇듯이 엄연한 그룹의 회장으로서의 책무를 내 사후에도 다할 것. 자네에 비하면 좀 못한 윗동서들이지만 잘 챙겨 그들의 사업이 망가지거나 비참한 삶을 살도록 하지 않게 할 것. 이 글을 읽을 때 나는 분명 이 세상 사람이 아니겠지만 나는 나의 아들 같은 우리 사위를 죽어서도 믿을 것이며, 하늘에서도 아들의 행위

를 주시할 것이네. 그런 의미에서 지주회사인 SW홀딩스의 그룹에서 소유하고 있는 총 주식 58% 중 7%를 우리 사랑하는 막내딸 효주에게 상속시키고, 나머지 51%는 나의 아들 같은 사위 김태호 몫으로 넘겨준다. 단 호텔과 백화점에 관해서는 효주의 몫으로 지분을 정리해 줄 것을 마지막으로 당부한다.]

이 글을 읽고 난 태호가 마침 글에서 눈을 떼고 있는 효주에게 물었다.

"서운하지 않소?"

"서운하지 않다면 거짓말이겠죠. 하지만 돌려 생각해 보면 부부지간이라도 경영권 분쟁을 막은 아버지의 처사가 옳지 않을까 하는 생각도 해보게 되네요."

"참으로 당신은 재물에 대해 담백한 사람이군."

"꼭 그렇지만도 않으니 절대 오해 마세요. 아빠의 유언대로 내 몫인 호텔과 백화점에 대한 지분은 어떤 방법으로든 확실히 넘겨줘야 해요"

"어떤 방법으로 넘겨줄까?"

"그건 당신이 잘 알 테니 당신의 결정에 따르겠어요."

"SW홀딩스에서 분리시켜 줄까?"

"그건 싫어요."

"왜?"

"유능한 경영자의 우산 밑에 있고 싶어요."

"당신이 나를 그렇게 높이 평가해 준다니 고맙군. 그렇지만 분리해 별도의 지주회사를 세우는 것이 가장 확실한 방법이야. 그렇다고 세상에서 제일 가까운 당신의 회사를 나 몰라라 하겠어?"

"그렇다면 당신 말대로 해요."

"알았소."

"아니, 그럴 필요 없겠어요."

"왜?"

제6장
환란과 기업 쇼핑 I

"당신 재산이 내 재산이기도 하죠?"

"그야 물론이지."

태호의 확실한 대답에 효주가 빙긋 웃으며 답했다.

"그런데 굳이 분리할 필요가 있겠어요? 우리 지금과 같이 화목하게 지내요. 재산에 연연하는 사람 되지 말고. 내 생각은 수중에 10억 원 이상만 있으면 더 가지나 덜 가지나 그 삶이 그 삶이라고 생각해요."

"허허, 거참……."

"왜요? 싫으세요?"

"그게 아니라 내가 너무 장가를 잘 든 것 같아 지금 이 순간에도 하늘에 감사하고 있소. 당신과 같은 현명하고 어진 아내를 내게 주신 하늘에 말이오."

"그렇게 생각한다면 앞으로 내게 더 잘하세요."

"그렇다고 공주처럼 떠받들지는 못해. 지금처럼 여일하게 당신 서운하지 않게 대해주면 되지?"

"아니요."

"어?"

태호가 그녀의 부정에 눈을 크게 뜨자 효주가 배시시 웃으며 갑자기 태호의 귀에다 대고 속삭였다.

"잠자리에서만큼은 지금처럼 공주로 떠받들리고 싶어요."

"하하하!"

태호의 웃음에 효주의 얼굴이 달아오르는데 갑자기 편봉호가 자리에서 벌떡 일어서더니 씩씩거리며 말했다.

"저쪽은 경사 났군, 경사 났어! 에이, 장모님!"

"왜 그러는가, 이 사람아?"

"내가 회사에 기여한 공로가 정말 집사람만도 못하단 말입니까?"

"그게 무슨 말인가?"

"이 내용을 한번 읽어보십시오. 에이, 더러워서……!"

"여보, 왜 이래요? 집에 가서……."

둘째딸 예주가 급히 나서서 달랬지만 허사였다.

"됐어! 씨발! 나 오늘부터 집에 안 들어가! 당신이나 잘 먹고 잘살아!"

"여보!"

말이 끝나기가 무섭게 현관문을 열고 나가는 편봉호를 잡으려 예주가 달려 나가는 바람에 갑자기 분위기 싸하게 변했다.

"저 사람, 왜 저럽니까?"

장모 박 여사가 유언의 내용은 전혀 모르고 있던 듯 박 변호사에게 묻자 그가 답변했다.

"삼원홀딩스의 총 소유 주식 51% 중 둘째 따님의 명의로 26%, 편 회장님의 명의로는 25%로 나누어져 있었습니다."

이 말에 깜짝 놀란 얼굴로 첫째 사위 소인섭이 말했다.

"어? 나와는 정반대네. 우리는 내 몫이 26%, 아내 몫이 25%인데."

그의 말에 태호는 물론 효주도 깜짝 놀라 서로를 바라보았다. 이때 소 회장의 시선이 태호에게로 향하는 것 같더니 그에게 물었다.

"김 회장도 그런가?"

"……"

이에 태호가 우물쭈물 답을 못 하고 있는데 효주가 갑자기 빙긋 미소 짓더니 소인섭을 향해 말했다.

"큰 형부, 너무 많은 것을 알려고 하면 다쳐요."

"어? 언제부터 처제도 그렇게 당차졌어?"

"호호호! 부창부수라 하지 않던가요?"

"허, 거참……."

이때 장모 박 여사가 나섰다.

"남은 사람이라도 저녁 먹고 가야지?"

"네, 장모님!"

태호가 제일 먼저 답을 하자 효주가 그의 옆구리를 쿡 찌르며 속삭이듯 말했다.

"당신은 오늘 정말 저녁 먹을 맛이 나겠네요."

"이제 당신까지 왜 그래?"

"호호호! 이따 잠자리에서 봐요."

"아이고, 무서워라!"

태호가 도망가는 시늉을 하며 먼저 주방으로 향하자, 나머지도 영문을 모른 채 웃음 띤 얼굴로 하나둘 식탁을 찾아들었다.

이튿날.

태호가 박 변호사를 집무실로 불러들여 물었다.

"장모님의 몫으로는 얼마나 남겨주셨습니까?"

"평소 비자금으로 갖고 계시던 현금 100억여 원에 지금 박 여사가 살고 있는 집을 포함한, 공시지가로 500억 정도 되는 부동산입니다. 그러니까 현 시세로 치면 1천억 원이 조금 넘을 겁니다."

"……."

태호가 말없이 고개를 끄덕이자 그런 그를 향해 박 변호사가 물었다.

"그 정도면 박 여사도 불만 없지 않겠습니까?"

"아마 더 적게 남겨주셨어도 장모님의 성정상 큰 불만 없으셨을 겁니다."

"그러고 보면 둘째 사위만 밉보여……."

"자, 그만하시고, 언제 저녁 한 끼 같이합시다."

"네, 회장님."

이렇게 가장 많은 유산을 상속 받은 태호이지만 나름 걱정이 태산이었다. 상속세를 낼 걱정 때문이다. 현금도 상당히 많이 보유하고 있지만 곧 터질 환란을 생각하면 현금으로 내기는 아깝고, 그렇다고 어느 회사 하나 정도는 처분해야 상속세를 다 낼 것 같으니 이 또한 아까워 견딜 수 없었던 것이다.

물론 장인 생전에 대한민국의 내로라하는 세무 전문가를 총동원해 절세에 절세를 거듭해 최소한의 금액만 납부하게 이미 준비가 되어 있었지만, 그들의 추정으로도 상당한 금액이 예상되기 때문이다.

　이날 저녁.

　태호는 효주와 함께 장모 박 여사가 살고 있는 집으로 찾아들었다.

　"장모님!"

　태호의 부름에 가정부와 함께 저녁을 준비하고 계셨는지 박 여사가 주방에서 모습을 드러냈다.

　"아니, 자네들이 어쩐 일인가?"

　"함께 모시고 살려고요."

　"아니, 그럴 필요 없어."

　"네?"

　"서로 불편하지 않겠어?"

　"저야 장모님만 좋으시다면야 얼마든지 모시고 살 수 있습니다."

　"아니야. 당분간은 종전대로 지내보다가 내가 정 적적하면 그때 가서 다시 한번 생각해 보자고."

　장모 박 여사의 말에 태호가 효주를 바라보니 고개를 끄덕인 효주가 박 여사에게 물었다.

　"엄마, 후회하지 않으시는 거죠?"

　"물론이다."

　"혼자 사시기 적적하면 언제든 말씀하세요."

"그럼, 언제든 그렇게 하겠네."

"저녁이나 주세요."

"그래, 어서 들어와."

곧 박 여사가 앞장을 서고 두 사람도 주방으로 향했다. 곧 식사가 시작되었고, 식사 도중 효주가 박 여사에게 물었다.

"엄마, 둘째 형부는 집 나갈 듯하더니 어떻게 됐어요?"

"지가 뛰어야 벼룩이지, 가긴 어딜 가?"

박 여사도 편봉호의 행위가 괘씸했는지 나오는 언사가 곱지 않았다.

*　　　　*　　　　*

삼우제도 지내고 태호가 본격적인 업무에 돌입한 첫날.

정 비서실장이 아침부터 태호의 집무실을 찾아 전혀 생각지 못한 보고를 했다.

"회장님, 뱅크오브아메리카 측에서 최종 남은 한미은행 주식 9.9%를 인수할 의향이 있느냐고 하는데 어찌할까요?"

"그래요?"

잠시 생각하던 태호가 말했다.

"작년 8월 증액된 납입 자본금 그 비율 그대로 판다면 인수할 의사가 있다고 하세요."

"알겠습니다, 회장님."

답한 정 비서실장이 나가려 하자 태호는 그를 불러 세웠다.

"잠깐만요."

"네, 회장님."

"지금 즉시 그룹 사장단 회의를 소집해 주세요."

"네, 회장님."

그가 나가자 태호는 방 안을 서성이며 깊은 생각에 잠겼다. 제비 한 마리가 날아드는 것으로 봄이 오는 것을 알 수 있다고 했던가. 뱅크오브아메리카가 한국에서 완전히 손을 떼려 한다는 소식을 접하는 순간, 태호는 새삼스럽게 올 11월 말이면 가시화될 한국의 외환 위기에 대한 경각심이 생겼다.

한국이 IMF 구제금융을 신청할 당시 한국의 은행치고 부실화되지 않은 은행이 거의 없었다. 그래서 훗날 정부는 수십 조 원의 공적자금을 투입해 정상화를 꾀하게 되는 것은 주지의 사실.

태호는 이런 생각과 함께 뱅크오브아메리카가 한국에서 완전히 손을 터는 것이 미리 한국의 환란을 예측하고 하는 것이 아닌가 하는 생각과 함께 새삼 경각심이 들었다.

잠시 후.

정 비서실장이 다시 들어와 보고했다.

"8시 30분까지 전 사장을 소회의실로 집합하도록 했습니다. 그리고 뱅크오브아메리카 측은 그곳 시간상 연락이 닿지 않아 밤에 제가 별도로 회장님 뜻을 전하도록 하겠습니다."

"알겠습니다."

그가 나가자 태호는 잠시 한미은행에 대해 생각했다. 한미은행(韓美銀行, KorAm Bank)은 국내 유수 기업체와 미국의 뱅크오브아메리카(Bank of America)의 공동 출자로 1983년 3월 설립, 발족한 은행이다. 은행 이름은 한국(韓國)의 첫 글자인 '한(韓)'과 미국(美國)의 첫 글자인 '미(美)'를 따서 붙여진 이름이다.

1981년 4월 정부에서 우리 경제의 전면적인 개방화, 자율화 방침에 따라 시중 은행의 민영화 촉진의 일환으로 외국 자본과 합작에 의한 은행 설립 지침을 발표하자, 대한상공회의소 회장 정수창(鄭壽昌) 등 재계의 지도자들을 중심으로 추진되었다.

그해 5월에 설립 준비 위원회를 구성하고, 2년간의 준비 작업을 거쳐 합작 대상을 국내의 삼성, 대우, 대한전선 등 5개 기업과 미국의 뱅크오브아메리카로 정하였다. 출자 비율은 국내 50.1%, 미국 49.9%였다.

그러나 삼원은 이에 참여하지 못해 지분이 전혀 없었다. 그러던 것을 외국계 자본인 뱅크오브아메리카가 무슨 생각인지 80년대 후반부터 꾸준히 지분 매각을 단행하는 바람에 뒤늦게 태호에 의해 그들의 지분을 전량 매집해 현재는 이 은행 주식의 40%를 소유하고 있는 상태였다.

따라서 이제는 SW그룹의 주거래 은행도 제일이 아닌 한미 은행으로 바뀐 상태였다. 아무튼 이 은행은 1989년 11월 주식을 상장하였고, 1990년 12월 신용카드업을 재무부에서 인가하였으며, 창업 투자에 진출하였다. 96년 8월 납입 자본금을 2,150억 원으로 증액하였다.

이런저런 생각을 하던 태호는 8시 30분이 되자 소회의실로 향했다. 그곳에 도착하자 모두 기립해 있는 각 사 사장들을 자리에 앉힌 태호는 어느 때보다 무거운 안색으로 입을 열었다.

"정부의 급격한 개방화 정책에 따라 한국 경제는 자본, 기술, 시장, 금융 등 모든 면에서 대외 의존도가 너무 높아졌습니다. 이는 국제 금융 및 경제 동향이 국내 경제에 미치는 파급 효과가 너무 크고 빨라지고 있다는 것을 의미하는 것입니다. 국내의 이런 상황에서 한 가지 우려스러운 점은 우리나라 금융기관이나 대기업들이 외국의 이자가 싸다고 외국 돈을 빌리는 것까지는 좋으나, 그 차관이 1년 이내의 단기라는 데 큰 문제가 있습니다."

여기서 잠시 발언을 중단하고 장내를 둘러본 태호는 더욱

침중한 음성으로 계속 발언을 이어나갔다.

"이런 상태에서 만약 국제적 유동성 위기라도 생긴다면 어떻게 되겠습니까? 단기 차입에 의존한 우리나라 금융기관과 기업들은 더 이상 차입이 어려워지는 상태에서 단기 차입금을 상환해야 하는 최악의 국면에 처할 것입니다. 이런 상황에 처하게 되면 나라 전체가 누란의 위기에 처하는 외환 위기가 도래할 것이고, 그룹을 책임져야 하는 총수인 나로서는 이런 위기 상황을 가정하고 그룹을 이끌어 나가지 않을 수 없습니다."

장내의 분위기가 더욱 가라앉았지만 태호는 말을 계속 이었다.

"그런즉 우리 그룹은 오늘부터 비상 경영 체제에 돌입합니다. 외채가 있다면 조기 상환하고, 수출 대금은 들어오는 족족 모두 외화 표시 예금으로 전환해 환율이 앙등해야 할 것에 대비해야 합니다. 또 각 사는 허리띠를 졸라매는 긴축 경영에 돌입해 지출을 최소한으로 줄여야 합니다. 이 모든 것을 잘 실행하면 우리는 한 단계 더 도약을 할 것이고, 아니면 이쯤에서 좌초하고 말 것입니다. 아시겠습니까?"

"네, 회장님!"

"제 이야기는 여기서 마치겠지만, 각 사는 비상 경영 체제로 전환하고, 그 이행 계획서를 빠른 시일 내에 작성해 기획실에 제출해 주시기 바랍니다. 이상!"

말이 끝나자마자 일어서서 나간 태호는 자신의 집무실로 돌아와 그룹 총괄 재무이사를 자신의 방으로 불러들이도록 했다.

잠시 후.

그룹 총괄 재무이사로 직급은 전무인 전 제일은행 부장 출신 이종섭이 태호의 집무실로 들어섰다. 이 사람은 삼원개발 사장으로 영전한 반종수의 바로 밑의 직급인 상무에서 전무로 승진한 사람이다.

머리가 많이 벗어져 반들반들 윤이 나는 그의 머리로 자연스럽게 시선이 간 태호가 시선을 자연스럽게 그의 눈 쪽으로 옮기며 물었다.

"미국 총괄 법인인 쓰리 원에는 얼마의 자금이 있지요?"

"700억 달러 정도 됩니다, 회장님."

"내 기억으로는 회사채 발행을 통해 조달된 1천억 달러로 계속 투자를 했잖소?"

"그래봐야 전부 합쳐도 500억 달러가 안 되는 데다, 이스라엘 방산기업 IAI 및 여타 몇 건은 그룹 본사에서 나갔으므로 미 현지 법인에서 실제 지출된 돈은 400억 달러 남짓입니다. 그런데 야후의 매각 대금이나 배당 이익 등이 100억 달러는 되므로 705억 달러가 남았습니다."

"흐흠. 그럼 그룹 본사에 남은 자금은요?"

"그 또한 달러로 환산한다면 700억 달러 정도 됩니다. 투자한 돈도 있지만 그동안 반도체, 휴대폰, 전자, 자동차 등에서 벌어들인 돈도 있어 지난번 보고 때와 비슷한 현금 보유량입니다."

"현금 보유량으로만 따져볼 때 1천억 달러의 빚을 갚고 나면 순자산은 400억 달러 남짓이라는 이야기네요."

"그렇습니다, 회장님."

"오늘 내가 궁극적으로 하고 싶은 이야기는 지금 원화로 가지고 있는 돈을 모두 달러로 바꾸어 달러로 소지하도록 하시오. 아니, 미국 총괄 법인으로 투자 명목으로 이전하도록 하세요. 그룹이 돌아갈 수 있을 만큼의 원화만 남기고 모두 이전하되 한꺼번에 하지 말고 9월까지 완료하도록 하세요."

"그렇게 할 특별한 이유라도 있습니까, 회장님?"

"국제 자본의 움직임이 심상치 않습니다. 따라서 850원 전후의 환율이 내년 초에는 2,000원 대로 급등할 수 있으니 내 말대로 하세요."

"......"

그룹 총수의 말에 이의를 달지는 않았지만, 이종섭으로서는 도저히 이해가지 않는 언사라는 듯 고개를 갸우뚱했다. 그러거나 말거나 태호는 계속해서 자신의 말만 쏟아냈다.

"오늘 사장단 회의에서 지시했지만 앞으로 무역 대금으로 들어오는 돈은 달러 표시 예금으로 적립될 것이오. 하지만 앞으로 외국으로 나가는 결재는 가급적 원화를 달러로 바꾸어 지급하도록 하세요. 이 역시 크게 눈에 띄지 않게 소리소문 없이 진행하도록 하세요."

"알겠습니다, 회장님."

"이 모든 것을 행하는 데 있어서 한미은행장과 증권사장의 협조를 얻도록 하고, 만약 정부로부터의 문제가 생기면 즉시 정치적으로 해결할 테니 숨기지 말고 바로바로 보고하도록 하세요."

"네, 회장님."

곧 그를 내보낸 태호는 막상 그런 지시를 내려놓고도 마음의 갈등은 지속되고 있었다. 자신이 마음만 먹으면 환란을 막을 방법이 여럿 있었기 때문이다. 우선 정부에 건의해 적정 환율을 유지하도록 하는 방법이 있었다.

김영삼 정부는 작년, 즉 1996년 12월 12일 자로 선진국 진입의 관문 격인 경제협력개발기구(OECD)에 가입함으로써 자신 재임 시에 한국이 선진국에 진입했다는 치적을 자랑하고 싶어 했다.

그리고 또 하나의 치적으로 국민소득 1만 달러를 유지하기 위해 무리하게 환율을 고평가하고 있었다. 한국의 지금 환율은 정상이 아니었다. 최소한 현재 900원은 훨씬 넘어 있어야 하나 850원 선에 움직이고 있었다.

이것이 무엇을 의미하느냐? 이는 정부에서 환율에 직접 개입해 인위적으로 환율의 저평가를 막고 있다는 방증이다. 따라서 그동안 축적한 외환 보유고가 계속 소진되고 있는 것을 의미하고 있다.

이런 내막을 잘 알고 있는 태호이기 때문에 이를 정부에 시정을 요구할 수도 있었다. 그러나 태호는 곧 고개를 흔들고 말았다. 김영삼 현 대통령의 고집으로 보아 절대 그렇게 할 사람이 아니었기 때문이다.

두 번째로는 그룹의 재산을 가지고 막는 방법이 있었다. 그러나 태호는 지금 그 반대로 움직이고 있으니 마음이 많이 괴로운 것이다. 이 마음이 하루 종일 그를 놔두지 않아 결국 태호는 이날 근래 볼 수 없는 폭음을 하고 쓰러져 잠이 들고 말았다.

물론 이날 밤 효주가 왜 그러느냐고 몇 번을 캐물었지만 태호는 연말에 답을 해주겠다는 말로 대답을 미루었다. 이 말을 할 때 벌써 태호의 마음은 결정되어 있었던 것이다.

자신 하나가 아니라 전 세계 사업장 수십만 직원을 생각해서라도 사업만은 비정하게 하겠노라고.

다음 날.

정 비서실장이 업무를 시작하자마자 보고를 하러 들어왔다. 쓰린 속을 달래며 태호가 고개를 끄덕이니 그가 보고를 하기 시작했다.

"뱅크오브아메리카에서 우리의 제안에 승낙했습니다."

"하면 2,150억 원의 9.9%를 지급해 주면 되는 것이죠?"

"그렇습니다, 회장님."

"좋소. 즉시 매입하도록 하고 주식시장에서 2% 정도 더 매입해 완전한 경영권을 확보하도록 하세요."

"알겠습니다, 회장님."

제7장
환란과 기업 쇼핑 II

1997년 11월 21일 밤 10시.

임창렬 경제부총리는 긴급 기자회견을 열어 국제통화기금에 유동성 지원을 요청하기로 했다고 발표했다.

20여 일 전, 강경식 전 경제부총리가 한국 경제의 펀더멘탈(Fundamental)이 튼튼하다고 장담한 여운이 채 가시지도 않은 때였다. 결국 12월 3일 임창렬 부총재와 이경식 한은총재는 캉드쉬(Michael Camdessus) IMF 총재가 지켜보는 가운데 구제금융을 위한 정책 이행 각서에 서명하게 되었다.

한국 정부는 IMF가 요구한 규제 완화, 민영화, 시장 개방,

정부 역할 축소, 노동시장 유연화 등 신자유주의 핵심 내용을 그대로 수용했다. 이로써 한국의 경제 주권이 완전히 IMF로 넘어가 6·25 이후 최대의 국난이 도래했다 해도 과언이 아닌 상태가 되었다.

95~6년은 한국 경기가 좋았다. 이유는 반도체 경기로 말미암은 것이다. 통상 반도체는 4년을 주기로(이른바 올림픽 사이클) 호황과 불황을 반복하는데 95~6년은 호황기였다.

이유는 윈도95가 나오자 PC 교체 수요가 엄청나게 늘어났고, 이는 곧 D—RAM의 수요 증가로 이어졌다. 여기에 한국의 효자 상품으로 급부상한 SW그룹의 휴대폰과 자동차, 전자제품이 미국을 중심으로 세계 전역으로 뻗어나갔기 때문이다.

그야말로 SW그룹이 달러를 엄청나게 벌어들여서 원화가 강세를 유지하고 있었다. 여기에 당시 아시아 신흥 시장인 한국, 태국, 말레이시아, 대만 등으로 서구 자본 유입이 굉장히 많아서 이들 통화는 달러화 대비 강세를 나타내고 있었다.

여기에 한 술 더 떠서 YS가 '환율은 국가 경제의 자존심'이라며 턱도 아닌 논리로 원화 강세 정책을 폈다. 그러던 것이 반도체 사이클이 저점이 되면서 서서히 경기가 나빠지고, 동시에 아시아 신흥 시장에서의 거품이 붕괴되었다.

때마침 이름 하여 신경제로 경제가 좋아지고 주가가 상승

하자 헤지펀드로 대표되는 외국 자본은 너도나도 돈을 회수
하려 했다. 이들 아시아의 신흥 시장이 몰락하는 데 걸린 시
간은 불과 3개월이었다.

말레이시아에서 외환 위기가 발생한 것이 97년 8월경이었
으니, 한국이 IMF로 가기까지 걸린 시간은 불과 3개월 남짓
이었다. 그야말로 눈 깜짝할 사이였다.

8월 말 9월 초까지 800원대이던 환율이 97년 12월 24일에
는 1,995원까지 올라갔다. 불과 3개월 사이의 일이었다.

이렇게 되니 1997년 12월 18일 실시된 대통령 선거에서 제
15대 대통령으로 당선된 김대중 당선자로서는 당선인 신분이
되자마자 급히 뒷설거지에 나서지 않을 수 없었다.

그가 제일 먼저 한 일은 완벽하게 대비해 한 점 흔들림 없
는 SW그룹 총수 김태호를 자신의 일산 자택으로 초대한 일
이었다. 그 또한 일국의 대통령이 될 정도면 어느 정도 정보
는 있어 현 시점에서의 SW그룹의 위상이 어떠한지는 어느
정도 그 실체를 눈치채고 있었기 때문이다.

그런 이유로 먼저 전 비서실장 한화갑을 보냈다. 그러나 신
병을 핑계로 태호는 정중히 사양했다. 그러자 5일 후에는 권
노갑 전 비서실장을 보냈다. 이마저도 태호는 여전히 정중히
사양했다.

그 변은 집안 단속에도 경황이 없다는 이유였다. 그 말은

사실이었다. 그동안 방만한 경영을 하며 확장 전략을 펴온 편봉호가 부도 직전이라고 읍소하며 도와달래도 매정하게 거절하고 있는 상태였기 때문이다.

아무튼 태호가 바로 움직이지 않는 데는 나름대로의 감정과 복선이 깔려 있었다. 그의 역사적 행적을 보면 동아그룹 같은 적자가 아닌 기업도 도산시켰다. 또 대우그룹의 몰락에는 김대중 대통령에 대한 김우중 회장의 지나친 신심이 깊이 작용했다.

그 이유는 여기서 더 언급하지 않겠다. 아무튼 그런 그의 행적을 기억하고 있는 태호로서는 자신이 지금 바로 나서서 고맙다는 말 한마디 듣기보다는 최대한 자신의 몸값을 키우기 위한 버티기에 들어간 것이다.

그 이면에는 완벽한 준비를 끝냈으므로 그가 SW그룹을 어찌해 보려 해도 어찌할 수 없을 것이라는 자신감 또한 단단히 한몫하고 있었다. 아무튼 다급해진 김 당선자는 해가 바뀐 98년 1월 4일 자신의 일산 자택에서 세기의 투기꾼 조지 소로스(George Soros)를 손수 초청해 대한(對韓) 투자를 적극 요청해야 했다.

주지하다시피 조지 소로스는 1990년대 초반 영국(1992년), 독일(1993년), 말레이시아(1997년) 등 고정환율제 국가를 골라 현지 통화를 공매도하는 방식으로 공격, 굴복시켜 수십억 달러(수조 원)의 수익을 거두면서 거물 투자자로 이름을 알린 투기꾼이다.

98년 1월 9일 금요일.

마침내 참다못한 김 당선자가 몸소 거동했다. 오전 10시 SW그룹 본사 사옥으로 그가 몸소 일단의 수행원을 데리고 출두한 것이다.

이 연락을 받은 태호는 마지못해 현관까지 영접을 나가 깍듯이 예를 갖추었다.

"안녕하십니까, 각하?"

"거, 얼굴 한번 보기 되게 어렵구먼."

"몸이 좋지 않은 데다 집안에도 시끄러운 일이 좀 있어서……."

"아무튼 이제라도 나와 영접을 해주니 반갑소."

"안으로 들어가시죠, 각하."

"그럽시다."

곧 그가 어렵게 걸음을 떼기 시작했고, 태호는 바로 그의 뒤를 따랐다. 곧 1층 회장 전용 엘리베이터에 함께 탑승한 둘 외 수행원들은 32층으로 향했다. 아직도 장인이 쓰던 명예회장실은 그대로 남겨두고 있고 자신은 여전히 32층에서 근무하고 있는 상태였다.

곧 그를 자신의 집무실로 모신 태호는 그와 마주 보고 앉았다.

"차는 무엇으로 하시겠습니까?"

"내가 지금 차 마실 정신이오?"

대통령 당선자의 말에 평소 같았으면 머쓱한 표정이라도 지었을지 모른다. 그러나 태호는 아무렇지도 않은 표정으로 배석하고 있는 정 비서실장에게 지시했다.

"꿀차로 한 잔 내오세요."

"네, 회장님."

"거두절미하고 말하겠소. 돈을 좀 푸시오. 아니, 외국에 쌓아두고 있는 달러 좀 들여오시오."

"쌓아둔 것도 별로……."

"정말 이럴 거요?"

당선자가 정말 화가 났음을 눈치챈 태호가 말했다.

"그전에 하나 약속받고 싶은 게 있습니다, 각하."

"지금 나랑 거래를 하자는 거요?"

"네."

"뭐라고?"

정말 노해 김 당선자가 자리를 박차고 일어나도 태호는 무표정한 얼굴로 그 자리를 지키고 있었다. 이 모습을 막상 일어났지만 나가지도 못하고 기막히다는 표정으로 바라보던 그가 달래는 투로 말했다.

"야당 시절부터 나를 많이 도와줘 평소 김 회장을 나는 매우 고맙게 생각하고 있었소. 한데 이번 행사만큼은 영 아닌데?"

"각하께 하나 약속받고 싶은 것은 기왕 외국에 넘어갈 우량 기업이라면 가급적 우리 그룹에 넘겨달라는 것입니다."

"그게 무에 그리 어려운 일이라고. 나로서는 쌍수를 들어 환영할 일인데, 그 다짐 받자고 이렇게 나를 애태운 거요?"

"하시면 저뿐만 아니라 건실한 투자가 몇 명도 함께 초청해 각하와의 만남을 주선하도록 하겠습니다."

"허허! 김 회장이 마음을 여니 아예 두 팔 걷고 나서는구면. 이런 사람이 남의 애를 그렇게 태우다니. 허허허! 오늘 당장 우리 집으로 오시오. 못하는 술이지만 같이 한잔합시다."

"알겠습니다, 각하."

때마침 꿀차와 커피가 들어왔으므로 김 당선자는 달게 한잔을 마시고 이런저런 덕담을 건네다 자리에서 일어났다.

김 당선자를 현관까지 배웅한 태호는 곧 돌아와 비서실의 벽시계를 바라보았다. 현재 시간이 10시 30분을 막 지나고 있었다. 고개를 끄덕인 태호가 한 사람에게 전화를 넣게 했다. 버크셔 해더웨이 회장 워렌 버핏이다.

곧 신입 여비서가 전화를 바꾸어주었다.

"회장님, 한국의 김태호입니다."

─아! 잘 지내셨소?

"네, 덕분에요. 통화 괜찮겠습니까?"

─막 저녁을 먹으려던 참인데, 통화하고 먹도록 하죠.

현지 시간이 오후 6시 30분쯤일 것이라 생각한 태호가 고개를 끄덕이며 말했다.

"감사합니다. 다름이 아니라 한국의 IMF 구제금융 소식은 들으셨죠?"

─물론이오. 아니래도 몇몇 우량 기업을 선정해 정밀 분석 중이오.

"회장님이 몇몇 종목에 투자해 주시는 것도 좋지만, 회장님 께서 한번 한국 나들이를 해주시는 것만도 우리나라의 신인 도가 꽤 많이 올라갈 것 같습니다."

─하하하! 나를 그렇게 높이 평가해 주다니 고마운 일이 오. 하여튼 김 회장의 높은 점수에 보답 안 할 수 없으니 조 만간 한국에서 봅시다.

"정식 초청장을 보내 드리도록 하겠습니다, 회장님."

─김 회장님의 면을 세워주는 것도 좋겠죠. 알겠습니다.

"감사합니다, 회장님."

─좋은 저녁 되시오. 아, 그곳은 몇 시요?

"오전 10시 반입니다."

─하하하! 한국이 확실히 멀긴 먼 나라로구먼.

"멀어도 마음만 가까우면 지척일 수 있습니다."

─하하하! 그럴 수도 있겠구려. 조만간 뵙시다.

"감사합니다, 회장님."

─그러시죠.

전화를 내려놓은 태호가 신입 여비서에게 말했다.

"잊지 말고 오후 2시가 되면 두 곳으로 전화를 연결하도록."

말과 함께 직접 태호는 전화할 곳을 적어 메모지를 그녀에게 넘겨주었다.

오후 2시 2분.

사우디와의 시차 6시간을 감안해 태호는 미국 시티은행의 최대 주주인 알왈리드와 워렌 버핏과 거의 비슷한 내용의 통화를 하고 그의 내한(來韓) 약속을 받아냈다.

바로 이어 태호는 7시간의 시차가 있어 오전 8시 즈음일 스웨덴의 발렌베리그룹 회장 페테르 발렌베리에게도 전화를 걸어 내한을 약속받았다. 단 일정이 바빠 그가 아닌 그의 아들 야콥 발렌베리를 보내겠다는 약속을 받아낸 것이다.

이렇게 오늘의 중요한 일 처리를 끝내고 퇴근 시간 무렵이 되자 태호는 효주의 휴대폰으로 직접 전화를 걸었다. 곧 그녀가 받았다.

─왜요?

"오늘은 좀 늦을 것 같아서."

—무슨 일 있어요?

"응. 김 당선자의 초청을 받아 그 댁을 방문하기로 했소."

—일산요?

"그렇소."

—에이 참, 내 입장이 곤란하게 생겼네.

"왜, 무슨 일 있소?"

—둘째 형부는 물론 언니까지 와 있어 먼저 퇴근했단 말이에요.

"날 기다리고 있다는 말이오?"

—그래요.

"오늘은 안 되고 내일 오라 하시오."

—알았어요.

곧 전화를 끊은 태호는 깊은 한숨을 내쉬지 않을 수 없었다.

러시아워를 감안해 태호는 곧바로 움직이기 시작했다. 정비서실장과 황철민 수행팀장, 그리고 경호원들과 함께 도로로 나선 태호는 또 한 번 한숨을 내쉬지 않을 수 없었다.

아무리 환란을 맞아 국민 모두가 힘들어 죽느니 사느니 해도 도로에는 여전히 수많은 차량들로 메워져 정체를 빚고 있었기 때문이다. 아무튼 근 한 시간을 달려 일산 김 당선자의 집 앞에 도착한 태호는 깜짝 놀라지 않을 수 없었다.

수많은 기자들이 그의 집 앞에 진을 치고 있었기 때문이다. 그 모습을 본 태호의 입에서 낮은 중얼거림이 나왔다.

"낭패로군."

어쩔 수 없이 태호가 차에서 내리자 아니나 다를까, 수많은 취재진이 그에게 일시에 몰려들었다. 이에 경호원들이 그들을 막으려 하나 될 일이 아니었다. 그래서 태호는 경호원들에게 막지 말라 하고 어느 기자의 질문을 경청했다.

"SW그룹만은 이 환란에서 비켜서 있는 것으로 아는데, 오늘 김 당선자를 만나는 것이 혹시 SW그룹이 본격적으로 움직이는 신호탄으로 해석해도 되겠습니까?"

"아직은 아닙니다만, 조만간 그럴 것입니다."

"그 시기가 정확히 언제쯤입니까?"

"그 시기를 못 박을 수는 없지만, 이번 달은 안 넘기고 보다 구체화될 것입니다."

"그동안 생사의 기로에 선 기업들은 김 회장님의 입만 주시하고 있겠군요. 요즈음도 회장님을 찾는 기업인들이 많지요?"

"부정하진 않겠습니다."

기자의 물음은 사실이었다. 은행도 구조 조정 대상이라 돈 빌릴 곳이 없는 크고 작은 기업 총수들이 그를 만나려 수많은 전화질을 하고, 주차장에 기다리는 사람도 있어 태호는 매일 다른 주차장을 이용하는 등 진땀을 빼고 있는 요즈음이었기 때문이다.

여기에 기자들마저 그룹에 진을 치고 있으니 태호로서는 마냥 즐거운 일만은 아니었던 것이다. 아무튼 곧 대문 가까이 왔으므로 기자들로부터 해방된 태호가 대문 앞에 서자 쪽문이 열리며 비서로 보이는 한 사람이 영접했다.

"어서 들어가시죠. 기다리고 계십니다."

곧 태호가 정원을 가로지르니 김 당선자가 현관 앞에 기다리고 있다가 두 팔을 활짝 벌렸다.

"어서 오시오, 김 회장!"

"감사합니다."

"기자들 때문에 고생 좀 했죠?"

"네."

"자, 어서 안으로 들어갑시다. 혹시 홍어찜 좋아하시오?"

"네?"

"아니, 표정이 왜 그러오? 혹시 그 맛난 걸 못하는 건 아니겠지?"

"민어회나 탕은 아주 좋아합니다."

"하하하! 역시 대기업 총수는 아무나 하는 것이 아니오. 나의 기호까지 파악하고 그런 말을 하다니."

"아시는지 모르겠지만 제가 충청도 출신이다 보니 홍어찜은 아주 곤혹스럽습니다."

"허허, 김 회장은 정말 뭘 모르는구려. 홍어찜에 한번 맛을 들이면……."

생각만 해도 군침이 돈다는 듯 더 말을 잇지 못하고 김 당선자는 재빨리 현관문을 열었다.

"어서 오세요."

입구에서 기다리고 있던 이희호 여사가 태호를 반갑게 맞았다. 이에 태호가 황급히 머리를 숙여 예를 표했다.

"초대해 주셔서 감사합니다."

이렇게 시작된 태호의 김 당선자 댁 방문은 자꾸 권하는 당선자의 호의(?)에 코가 뺑 뚫리고 대취해야 했다. 그 대가로 태호가 얻은 것이 있다면 김 당선자로부터의 '금산분리(金産分離) 완화정책'에 대한 확답이었다.

즉, 금융 자본과 산업 자본이 상대 업종을 소유, 지배하는 것을 금지하는 원칙에 좀 더 융통성을 부여함으로써 산업 자본이 은행 등 금융기업을 소유할 수도 있고, 금융이 고유 업종 외에도 여타 기업을 소유할 수 있게끔 완화하는 정책을 시행하겠다는 확답을 들은 것이다.

이 외에도 태호의 김 당선자 댁 방문은 전 언론으로부터 이런 기사를 뽑아내도록 만들었다.

〈사전 철저한 대비로 오히려 환란을 즐기게 된 SW그룹 총수, 드디어 움직이다〉

　〈환란에 비켜서 있던 김 회장, 본격 행보 제1탄으로 김 당선자와 회동〉

　밤 9시 30분.

　김 당선자가 홍어찜만이 아니라 술도 자꾸 권하는 바람에 상당히 취한 태호가 집에 도착하니 정원까지 나온 효주가 말했다.

　"아직 안 가고 기다리고 있어요."

　"뭐?"

　자신도 모르게 버럭 소리를 지르는 남편을 보고 가볍게 이마를 찌푸린 효주가 말했다.

　"그만큼 다급하다는 반증 아니겠어요? 그러니 당신이 도와줄 수 있다면 도와주세요."

　"내가 알기로 장모님이 아까워 한 푼도 못 쓰고 애지중지하던 돈 100억도 갖다 벌써 탕진해 버렸는데…… 내가 생각할 때는 밑 빠진 독에 물 붓기요."

　"그렇게 심각해요?"

　고개를 끄덕인 태호가 말했다.

　"그래도 장모님은 요즈음 처분도 안 되는 부동산을 전부 내놓으셨더라고."

"엄마도 참……. 그래, 어찌할 셈이세요?"

"일단 들어가자고."

"네."

앞장서서 몇 발짝 떼던 효주가 돌아서서 물었다.

"당신 그거 아세요?"

"뭘?"

"갈수록 나는 당신이 무섭게 보여요."

"내가 폭력이라도 휘두르는 사람인가?"

"그게 아니고요. 그때가 언제야? 그래, 3월 달인가 언젠가 고주망태가 되어 돌아오던 날, 그때부터 오늘 같은 날을 예견하고 많이 괴로워했다면서요?"

"아니면 우리가 이렇게 철저히 대비할 수 있었겠어?"

"그러니까 당신이 갈수록 무섭다는 거예요."

"별 쓸데없는 소릴."

"그래도 나만은 사랑해 주실 거죠?"

"암, 다시 태어나도 난 당신과 결혼할 테요."

"정말?"

"물론!"

"여자로서 최대의 행복을 느끼는 말이네요."

즐거워하며 또 몇 걸음 떼던 효주가 이번에는 왠지 울적한 얼굴로 물었다.

"만약 내가 가난한 집 딸이었어도 날 사랑했겠어요?"

"그땐 아니지."

"뭐요?"

펄쩍 뛰는 아내가 귀엽다는 듯 뒤에서 가볍게 끌어안은 태호가 속삭이듯 말했다.

"그래도 나는 당신을 사랑했을 거야. 세상에 당신 같은 마누라가 어디 있어? 너무너무 예쁘지, 재물에 담백해, 마음씀씀이마저 전혀 가진 자의 냄새가 나지 않으니……."

"당신, 오늘 술 취하셨죠?"

"좀 마셨지."

"그러니 안 하던 짓을 하시죠."

"별게 다 트집이네."

"쉿, 그만."

돌아서서 태호의 입을 정말 검지로 막는 효주를 보고 있노라니 그녀는 어느새 현관 앞에 서 있었다. 이때 현관문이 열리며 처형의 얼굴이 보였다.

"제부, 왔어요?"

"네."

그동안 몰라보게 꼴이 틀린 작은 처형 예주를 보니 태호로서는 편봉호가 더욱 괘씸해졌다. 그러나 내색할 계제가 아니라 말없이 거실 안으로 들어서니 편봉호가 민망한 얼굴로 인사를 했다.

"늦었네."

인사도 받지 않은 태호가 효주를 보고 소리를 질렀다.

"여보, 술상 봐와!"

"지금도 취하신 것 같은데?"

"아직은 아니야."

"알았어요."

대답은 효주가 했으나 더 먼저 움직인 것은 주방 앞에서 이들을 지켜보던 가정부였다.

곧 마른안주를 중심으로 간단한 주안상과 양주가 나오자 태호가 말없이 두 사람의 잔에 술을 따르더니 처형이 따르려는 술마저 사양하고 스스로 잔에 술을 친 태호가 술잔을 들고 말했다.

"드세요."

"그럽시다."

곧 가볍게 한 잔을 비운 태호가 아직도 찔끔거리고 있는 처형을 한 번 바라보더니 이내 편봉호에게 시선을 고정시키고 단호하게 말했다.

"일단 제가 삼원그룹을 인수하겠습니다. 그 대신 그룹 경영에서 완전히 손을 떼세요!"

"뭐? 홍! 그러면 내 회사를 살려주나마나 아니야? 내가 너

싸가지 없는 건 입사할 때부터 알아봤다고! 네 마음대로 해!"

"여보!"

말과 함께 자리에서 벌떡 일어나 밖으로 걸어나가려는 편봉호를 한소리 고함과 함께 붙잡은 예주가 돌아서서 애처로운 표정을 짓자 태호가 다시 입을 뗐다.

"단, 처형을 그룹 부회장에 앉히겠습니다. 아니면 해외 나가 사시든지."

"뭐? 그게 그거 아니야? 경영을 아무것도 모르는 허수아비를 앉혀놓고……."

"여보, 일단은 받아들이고……."

"일단이 아닙니다. 편 회장님은 영원히 그룹 경영에서 손을 떼야 합니다."

"네 마음대로 해, 자식아!"

"여보!"

정말 화가 나서 발을 쿵쾅거리며 나가는 편봉호를 쫓아나가며 예주가 그를 만류하는데도 그는 막무가내로 현관을 벗어났다. 그런 편봉호를 따라 예주도 신발조차 꿰지 못하고 쫓아 나가고 실내는 잠시 정적이 맴돌았다.

"여보, 그러지 말고……."

"아니야. 하는 짓거리 보니 아직 쓴맛을 덜 봤어."

"그래, 어떻게 하시려고요?"

이때 예주 혼자만 다시 돌아왔다. 그리고 태호 부부 앞에 단정히 무릎을 꿇고 고개를 조아렸다. 그러나 말은 없었다. 단지 눈물만을 한 방울 두 방울 거실 바닥에 떨어뜨릴 뿐이었다. 그런 그녀를 측은한 눈길로 잠시 바라보던 태호가 그녀를 가볍게 불렀다.

"처형."

"네."

"일단 제 말대로 하세요."

"아니래도 그렇게 하려 했어요."

"됐습니다. 오늘은 여기까지만 하죠."

"네, 그럼……."

정중히 고개 숙여 보이고 축 처진 어깨로 돌아나가는 언니를 본 효주가 끝내 참지 못하고 눈물을 흘리며 언니를 쫓아나갔다.

그리고 5분 후 다시 돌아온 효주의 눈동자가 심상치 않았다. 독기를 품은 눈이랄까, 아니면 단단히 화가 난 얼굴이랄까. 그런 효주가 이상해 태호가 물었다.

"당신은 또 왜 그래?"

"그 돈 다 모아 어쩌려고 형제지간에도 그렇게 박정하게 대하세요?"

"사업은 비정하고 냉정한 거야."

"흥!"

한소리 콧소리를 끝으로 더 이상 말도 하기 싫다는 듯 부부 침실로 향하는 효주를 쫓아가 어깨를 낚아챈 태호가 그녀를 보고 물었다.

"당신조차 왜 그래?"

"몰라서 물어요? 언니가 불쌍하잖아요. 그러니 당신이 사서 다시 돌려주세요."

"말 같지 않은 소리!"

효주의 화내는 행동에 덩달아 화를 내던 태호가 고개를 잠시 흔들더니 한결 가라앉은 음성으로 말했다.

"모두 내 말을 오해하고 있는 거야?"

"무슨 소리죠?"

"비록 삼원그룹이 현 우리 그룹에 흡수되는 것이지만, 처형을 삼원그룹 부회장에 앉혀 그를 관리케 한다는 것은 일정 지분 그 소유권을 인정하겠다는 소리로 안 들리나?"

"그게 그 소리예요?"

"그럼 어떻게 들었어?"

"기왕이면 다 돌려주지 그래요. 우리가 죽어 싸가지고 갈 것도 아닌데 살아생전에 의나 변치 않게요."

"하는 것 봐서."

"어떻게요?"

"편봉호가 계속 자숙하고 개과천선하면 다 돌려줄 수도 있지. 정 아니면 50억쯤 떼어주어 여생이나 편히 살라고 해외로 내보내던지."

"나는 여보, 전자가 좋겠어요. 종전 제 말대로 재산 싸가지고 저승 갈 것도 아니잖아요."

"당신, 계속 그런 소리 하는데, 재산은 악착같이 모아야 해."

"그래서 다 뭐 하게요?"

"후후후, 내 솔직히 말할까?"

"네."

"자식들에게는 하나도 안 물려줘."

"네?"

"그들에게는 지금부터라도 경영 교육을 철저히 시킬 거야. 그래서 싹수가 있으면 경영자로 성장하는 것이고, 아니면 그냥 평범하게 살면 돼. 당신 말대로 10억쯤만 있으면 한 세상 사는 데 남에게 굽실거리지 않고도 살 수 있어. 그 정도만 유산으로 물려주고 나머지는 당신이 알아맞혀 봐."

"기부하시게요?"

"기부는 기부인데, 여러 가지 방안을 고심 중이야. 하지만 아직 내 살날이 창창히 많이 남았으니 벌써부터 큰 고민은 안 해."

"그런 줄도 모르고 난… 당신이 더욱 존경스럽네요."

"당신도 내 말에 동의하는 거야?"

"네. 그 대신 오늘부터라도 아이들 교육을 철저히 시켜야 겠네요."

"내가 당신께 부탁하고 싶은 말이었어."

"그럼 상충되는데……."

"내가 호텔이나 백화점에 더 많이 신경 쓸게."

"저도 아이들 교육에 당장 내일부터 더 많은 비중을 둘게 요."

"이래서 내가 당신을 좋아 안 하려야 안 할 수가 없어."

"정말이죠, 당신?"

"이리 와봐. 말만이 아닌 행동으로 보여줄게."

"됐어요, 됐어."

도망가는 효주를 태호는 기어이 붙들어 그녀의 볼과 입술 에 무수한 키스세례를 안겼다. 그러던 태호가 이내 그녀를 번쩍 안아 들고 침실로 향했다.

＊　　　　＊　　　　＊

다음 날인 1월 10일.

비록 토요일이지만 삼원그룹은 이사회를 열어 편봉호를 회장직에서 해임시키고 최대 주주인 이예주를 회장으로 선임하는 안을 의결했다.

그리고 이때부터 간신히 하루하루 만기가 돌아오는 어음을 동분서주하며 막기 바쁘던 삼원그룹 각 계열사들이 어디서 들어오는지 모를 풍부한 자금에 의해 숨통이 트이기 시작했다.

그리고 5일이 지난 1월 15일.

삼원그룹 이사회는 8,750억 원에 그룹 전체를 SW홀딩스에 매각한다는 내용을 언론 발표를 통해 알렸다. 또한 같은 날 SW홀딩스 측은 삼원그룹을 자 그룹에 편입시키고 이예주를 그룹 부회장으로 신규 임명한다는 언론 발표를 했다.

이렇게 되어 삼원그룹의 라면, 제과, 식음료 등이 다시 자신의 품으로 돌아왔지만 태호로서는 입맛이 쓸 수밖에 없었다. 이를 제대로 하면 저들이 부도를 내게 하여 법정관리에 돌입케 하고 이때 인수 협상을 벌인다면 훨씬 낮은 가격에 인수할 수 있었다.

그렇게 되면 단 하나, 삼원그룹의 이미지는 말도 못하게 실추될 것이다. 태호가 가장 두려워한 일이다. 이를 피하기 위해 태호는 기꺼이 삼원그룹에서 지고 있는 악성 부채 전부를 상환하고 일부는 은행권과 협의해 장기로 전환하는 선에서 매입한 것이다.

그리고 편봉호가 신규로 벌여 부실의 원인이 되었던 전자, 건설, 중장비 부분은 즉각 청산 절차를 밟도록 했다. 이 모든 것이 끝나 한결 마음이 여유로워진 1월 19일 월요일.

태호는 김포공항 입국장에서 서 있었다. 수많은 내, 외신 기자들이 진을 치고 있는 가운데 곧 입국 시간인 오후 1시 30분이 되자 일단의 수행원과 함께 입국장에 들어서는 사람이 있었다.

시티은행의 최대주주 알왈리드였다. 그를 본 태호가 손을 번쩍 치켜드는 것 같더니 그를 향해 빠른 걸음으로 접근했다. 둘은 곧 반갑게 포옹하는 장면을 연출했고, 수많은 카메라 불빛이 일시에 터지며 주변을 더욱 밝게 만들었다.

곧 두 사람은 나란히 입국장에 마련된 기자회견 장소로 이동해 각각 자리를 잡았다. 곧 알왈리드가 생수병을 들어 목을 축이는 가운데 한 기자가 질문을 던졌다.

"금번 한국 방문은 투자를 하기 위한 것이 맞죠?"

"그렇습니다."

알왈리드의 말이 통역에 의해 한국어로 전달되었다.

"얼마를 어느 기업에 투자하는 것입니까?"

기자의 잇단 질문에 알왈리드가 답변했다.

"대우와 현대자동차에 각각 1억 5천만 달러씩 투자하려 하나, 최종 금액은 조율에 따라 달라질 수 있습니다."

"도합 3억 달러네요?"

"그렇습니다."

"우와!"

어느 기자의 탄성이 터져 나왔다.

3억 달러면 이 당시 환율로 5천 2백억 원이라는 거금이었기 때문이다.

이때 어느 기자가 알왈리드에게 다시 질문을 던졌다.

"조율이라는 것이 구체적으로 무엇을 말하는 것입니까?"

"CB를 인수하는 것까지는 합의가 되었으나, 그 이율과 몇 가지 쟁점 사항이 있어서 그것을 최종 조율 해야만 합니다."

여기서 알왈리드가 말한 CB란 전환사채를 말한다. 즉, 일정한 조건에 따라 채권을 발행한 회사의 주식으로 전환할 수 있는 권리가 부여된 채권으로서, 전환 전에는 사채로서의 확정이자를 받을 수 있고 전환 후에는 주식으로서의 이익을 얻을 수 있는, 사채와 주식의 중간 형태를 취한 채권이다.

채권을 주식으로 전환하는 방식은 전환사채 발행 당시에 미리 결정해 두는데, 보통 채권과 주식을 얼마의 비율로 교환할 것인가 하는 '전환 가격'을 정해두게 된다. 전환사채의 주식으로의 전환은 통상 사채 발행 후 3개월부터 가능하다.

예를 들어 A사가 1년 만기 전환사채를 발행하면서 전환사채 만기 보장 수익률이 8%, 전환가격이 1만 원이었다면 향후

1년 동안 A사 주가가 1만 원에 못 미칠 경우 만기까지 보유했다가 8% 이자를 받으면 된다. 그러나 A사 주가가 급등해 2만 원이 됐다면 당연히 전환해 주당 1만 원에 이르는 시세 차익을 누릴 수 있다.

이렇듯 전환사채 보유자는 주식시장이 활황을 보여 주가가 전환 가격을 웃돌게 되면 주식으로 전환해 시세 차익을 누릴 수 있다. 반면 주식시장 침체로 주가보다 낮게 되면 만기까지 보유해 발행 회사가 발행 당시 확정된 만기 보장 수익률만큼의 이자를 지급 받게 된다.

이때 이자율은 일반적으로 보통 회사채에 비해 낮은 편. 만기 보장 수익률은 회사의 신용도에 따라 차이가 나는데 신용도가 좋은 회사의 전환사채는 수익률이 낮은 반면, 그렇지 못한 회사의 전환사채는 수익률이 높다.

경우에 따라서는 일정 기간 후 전환사채를 일정 가격에 팔 수 있는 풋옵션(put option)과 발행 회사가 전환사채를 되살 수 있는 콜옵션(call option)의 발행 조건이 붙기도 한다.

아무튼 태호가 제공한 승용차를 타고 알왈리드 일행은 강남의 그룹 소유 호텔로 이동했고, 이때부터 알 월리드 실무자들은 대우와 현대 측의 실무자들을 불러 협상에 돌입했다.

그런 가운데 저녁나절이 되자 그룹으로 돌아간 태호가 다시 나타나 알 알리드와 함께 김대중 당선자의 일산 자택을 찾았다. 또 한 번 카메라 기자들의 플래시를 한 몸에 받는 것으로 세 사람은 국민을 안심시키는 일에 함께했다.

곧 다음 날 조간신문에 알왈리드의 기분을 맞추기 위함인지 '사우디 왕자 내한, 3억 달러 투자'라는 제목의 기사가 크게 실려 달러 한 푼이 아쉬운 국민들을 안심시켰다.

아무튼 태호의 이 연출은 알왈리드와의 단발성으로 끝낸 것이 아니라 이후에도 워렌 버핏과도 같은 형식을 취했고, 야콥 발렌베리와도 한국 기업에 투자하는 모습을 연출해 국민들로부터 많은 신뢰와 사랑을 받았다.

그러면서도 정작 자신의 그룹은 삼원그룹을 사들인 외에는 정중동의 모습만 보이던 SW그룹이 한글 명으로 '삼원지주회사', 영어 명으로 'SWholdings'라 표기한다는 그룹의 발표가 있고 나서부터 움직이기 시작했다.

이때는 벌써 환란을 야기한 김영삼 정부가 물러나고 김대중 정부가 들어서고도 일주일이 흐른 3월 초순이었다. 아무튼 옛 삼원그룹의 이름을 되찾은 삼원그룹이 제일 먼저 인수에 나선 기업은 97년 11월 4일 화의신청에 들어간 뉴코아그룹이었다.

이 당시 뉴코아그룹은 자산 총액 기준으로 재계 서열 27위로 계열사만 18개나 되었다. 96년 말 기준으로 뉴코아그룹은 자본금 2,117억 원, 매출액 2조 2,788억 원, 부채 총액 2조 5,912억 원, 자기자본 비율 8%, 부채 비율 1,233%를 기록할 정도의 부실기업이었다.

그러나 태호가 이 그룹의 인수전에 뛰어든 것은 전국에 산재한 17개 백화점 및 할인점, 그리고 곧 오픈을 앞둔 대여섯 개의 백화점과 또 이를 짓기 위해 미리 확보해 놓은 토지 등이 있어 백화점 쪽을 강화하기 위한 포석이었다.

이를 위해 태호는 그들의 주거래 은행인 산업은행장과 만나 담판을 벌였다. 즉, ㈜뉴코아 외에 뉴타운건설, 뉴타운기획, 시대물산, 시대유통, 시대축산 등 적자를 내는 기업은 청산 절차를 밟는다는 큰 틀의 합의를 이끌어내기 위해서였다.

이것이 산업은행장 혼자서 할 수 있는 것이 아니라 여러 채권 기관과 뉴코아 측의 동의도 있어야 하므로 많은 날이 소요되고 있었다. 이에 태호가 없던 일로 하자고 하며 손을 떼려하자 매각 협상이 급물살을 타기 시작했다.

제8장
본게임 Ⅰ

다급해진 뉴코아그룹 측이 분리 매각 방침을 밝힌 것이다. 백화점과 킴스클럽 할인점을 소유하고 있는 ㈜뉴코아와 여타 기업을 분리, 매각하겠다고 밝힘에 따라 협상이 빠른 진전을 보이기 시작했다.

그런데 곧 하나의 난관이 도래했다. 백화점과 할인점에 납품을 하고 아직 물물 대금을 받지 못한 소액채권자들이 이의를 제기하고 나선 것이다. 자신의 것부터 채무를 변제하고 협상에 나서라고 들고일어난 것이다.

이에 이번 기회에 매각을 못 하면 정말 시장에서 퇴출될 수밖에 없는 뉴코아 측이 발 빠르게 움직이기 시작했다. 즉, 자신들이 소유하고 있는 4,500가구의 임대주택을 이들에게 넘겨주고 그 차액을 받기로 한 것이다.

이 안에 소액채권단의 97%가 동의하자 협상이 급진전을 이루어 곧 타결에 이르렀다. 즉, 인수가액 1,860억 원 중 임대보증금 1,200억 원을 제외한 660억 원의 차액을 소액채권단이 더 지불하기로 함에 따라 그들의 채권은 소멸하게 된 것이다.

이렇게 되자 훨씬 홀가분해진 삼원그룹은 곧 협상에 돌입해 그들의 부채 총액 2조 2,788억 원 중 임대아파트 처분으로 변제한 660억 원을 제외한 2조 2,123억 원 중 2조 원의 부채를 떠안기로 하고 인수 및 양도 계약을 체결했다.

그러나 태호는 여기에서 그치지 않고 채권단과 협상을 벌이게 했다. 즉, 2조 원의 부채를 즉시 상환하되 달러 가뭄에 시달리고 있는 채권단의 주축인 은행단과 종금사에 달러로 상환하는 협상을 벌여 2천억 원을 깎는 데 성공했다.

이는 정부도 대대적으로 환영하는 일이라 채권단은 힘 한 번 못 써보고 동의할 수밖에 없었다. 아무튼 모든 협상이 끝난 3월 25일, 태호는 모처럼 효주와 함께 외출을 했다.

태호가 효주를 데리고 간 곳은 강남고속버스터미널 옆의 연건평 9천 평 규모를 자랑하는 옛 뉴코아 쇼핑센터였다. 이

제 상호마저 삼원쇼핑으로 갈아 달고 매장을 새롭게 꾸민 이곳은 주차장 규모만 해도 3천 평에 이를 정도로 매머드급이었다.

곧 두 사람이 차에서 내리자 경호원들이 두 사람을 에워싸는 가운데 태호는 효주의 손을 잡고 건물 1층으로 향했다. 1층은 귀금속 액세서리 코너가 중심인 가운데 전에 영업을 하던 롯데리아 간판이 철거되고 있었다.

주인이 바뀜에 따라 패스트푸드점마저 삼원토피아로 바뀔 예정인 것이다. 아무튼 두 사람의 출현은 일요일을 맞아 쇼핑 나온 많은 사람들의 이목을 끌어 효주가 손을 빼는 결과를 낳았다.

이에 태호가 짓궂게 물었다.

"왜, 내가 싫소?"

곱게 눈을 흘긴 효주가 답했다.

"모든 사람이 우리만 쳐다보잖아요."

"그러면 또 어떻소?"

"나는 저 사람들의 시선이 부담스러워요."

"모처럼 보석이라도 하나 선물하려 했더니 그렇다면 그만두어야겠군."

"나중에요."

이렇게 되니 자세히 매장을 둘러보려던 둘의 애초 계획은 주마간산 격으로 바뀔 수밖에 없었다. 따라서 1층을 대충 둘러본 둘은 2층의 신사숙녀, 아동복을 취급하는 매장으로 올라갔고, 효주는 그래도 이곳에서 아들과 딸의 옷을 각각 한 벌씩 샀다.

그리고 3층으로 올라간 둘은 문화 및 인테리어 용품을 대충 둘러보고 4층 전문식당가에서 잠시 발을 멈추었다. 그리고 바로 5층으로 올라가 이곳에서도 문을 열고 있는 전문식당가와 취미 교실, 예술 극장, 문화센터를 둘러보고는 지하 1층 대형 슈퍼마켓으로 이동했다. 이로써 둘은 전 매장을 둘러보았고, 효주가 그 소감을 말했다.

"각 층마다 대형 수족관이 있는 것이 특징이네요."

"쇼핑뿐만 아니라 휴식 공간을 제공하기 위해서겠지. 자, 다음 백화점으로 이동합시다."

"네."

둘은 곧 다시 차를 타고 오픈 준비에 여념이 없는 일산과 의정부 백화점을 둘러보았다. 이로써 태호의 백화점 순례는 끝났지만 효주는 그렇지 않았다.

그녀는 그 밖에 서울, 미금, 화정, 수원, 과천, 평촌, 분당, 순천, 창원 등 10여 개 백화점과 서울, 성남, 화정, 분당, 평택, 포항점 등 전국 25개의 킴스클럽을 순회하며 새로 인수한 백화점과 할인매장의 실태를 조사했다.

이 밖에 그녀는 사놓고 아직 첫 삽도 못 뜬 백화점과 할인점 부지 30곳을 둘러보며 타당성 조사도 벌였다. 그리고 효주는 태호에게 정식 보고서를 올렸다. 그녀의 실태 보고서는 왜 뉴코아그룹이 부실화될 수밖에 없었는지를 적나라하게 보여주고 있었다.

[각 백화점과 할인점, 공히 유통업체의 필수라 할 수 있는 전산망 하나 제대로 갖추지 못하고 지금까지 주먹구구식 경영으로 일관해 오고 있다. 또 현금 회전을 빠르게 하기 위해 40일간의 초장기 바겐세일로 일관, 앞에서 남고 뒤로 밑지는 장사를 해왔다. 여기에 관리 분야의 전문 인력이 없어 자금 누수도 상당히 자행되고 있는 것으로 발견되었다. 따라서 이들을 시정하는 것만으로도 금번에 인수한 백화점과 할인점은 바로 흑자로 전환될 것이다. 여기에 확보해 놓은 곳 대부분이 장래성이 있으므로 그 지역 상권에 신규 진출한다면 백화점 매출만으로도 재계 30위권 진입이 무난할 것으로 보인다.]

보고서를 다 읽은 태호가 효주에게 전화를 걸어 말했다.
"우와, 정말 전문가 다 됐네. 앞으로 더 이상 경영 자문이 필요 없을 것 같아."
―정말?

"그렇고말고."

―그렇지만 자금 지원은 계속해 줘야 해요.

"물론이지. 앞으로 3천억 원을 추가로 지원해 줄 테니 멋지게 경영해 보라고."

―여보, 우리 인수하는 김에 하나만 더 인수해요.

"어딜?"

―부도가 난 대농그룹의 미도파백화점.

"그곳은 하나만으로도 5천억 원 정도의 거금이 들어갈 텐데?"

―그 정도는 아닐걸요? 제 생각으로는 한 3천 6백억 원 정도?

"어림도 없는 소리야. 그곳만은 눈독들이고 있는 그룹이 많아 그 정도 가격 써내 가지고는 우선협상대상자로 선정되기도 힘들어. 그러니까 인수 가격은 5천억 원을 훨씬 상회할 거야."

―그 정도까지 가요?

"그럼."

―그럼 포기해야겠네요.

"그렇다고 금방 포기하면 되나. 우선 입찰이나 해보자고."

―알겠어요. 언제 퇴근하실 거예요?

"오늘은 약속이 있어 좀 늦을 거야."

―누구와요?

"너무 알려고 하면 다쳐."

―쳇!

오늘도 효주는 불만스러울 때마다 뱉는 한마디를 뱉고는 더 이상 사람을 피곤하게 하지 않았다.

✻   ✻   ✻

오늘 저녁 약속을 잡은 사람은 정주영 현대그룹 명예회장이었다. 그의 제의로 저녁 6시 30분에 둘은 허름한 한 식당에서 만났다. 정 전 회장이 단골로 다녔다는 청담동 삼겹살과 주물럭을 주 메뉴로 하는 식당은 만원을 이룰 시간임에도 문이 닫힌 채 쪽문만 열려 있었다.

곧 정 비서실장을 대동한 태호가 승용차에서 내리자 정 명예회장의 비서실장인 듯한 자가 쪽문 쪽에서 나타나 두 사람을 안으로 안내했다. 그를 따라 홀 안의 방 입구에 도착한 두 사람은 문을 활짝 열어젖힌 채 기다리고 있는 정 명예회장의 환대를 받았다.

"어서 오시오, 김 회장!"

"잘 지내셨습니까, 회장님?"

"물론이지요. 그나저나 너무 소원했던 것이 아닌가 하오."

"그렇습니다."

공식적인 자리에서는 대면할 기회가 많았지만 사적 만남은 가지지 못한 사람의 최초 회동이 이루어지는 역사적인 순간이었다. 아무튼 두 사람이 탁자를 사이에 두고 나란히 앉자 양 비서실장이 각 회장의 옆에 자리를 잡았다.

곧 50대 주인 아주머니가 미리 준비된 주물럭을 불판에 올려놓는 것을 시작으로 두 사람은 서로의 잔에 소주를 채워주었다. 그러자 정 명예회장이 태호를 보고 말했다.

"도와주시오!"

거두절미하고 흰 머리를 조아리는 그를 보고 태호가 난처한 표정으로 말했다.

"우리도 그렇게 자금 여력이 크지는 않습니다, 회장님,"

"이거 왜 이러시오. 우리나라 전체 기업을 사고도 남을 돈이 있다는 것을 다 알고 있는데."

"그건 과찬의 말씀이고, 정부가 제시한 후년까지 부채 비율을 200%로 낮추라는 것 때문에 그러십니까?"

"그렇소. 현 400%가 넘는 부채 비율을 어떻게 후년까지 200%로 낮추라는 것인지, 원. 뿐이오? 이것저것 구조 조정을 단행하라, 과잉 중복 투자된 산업을 통폐합하라. 도와주는 것은 없으며 이것저것 밉살스러운 시어미같이 구니 요즈음은 정부가 미워 죽겠소이다."

"어떤 방법으로 자구안을 마련했습니까?"

"재벌총수가 사재 출연을 한다 해도 그것이 솔직히 몇 푼 되겠소? 언 발에 오줌 누기 식이지. 아니 그렇소? 그래서 나는 그건 안 할 참이오. 대신 모두 사외이사로 등록해 경영 일선에서 물러나는 방법을 택할까 하오."

"그런다고 면피가 되는 것도 아니고, 그룹이 좋아지는 것도 아니잖습니까?"

"그래서 우리 그룹은 4조 5천억 원의 유상증자를 계획하고 있으나, 시장의 반응이 영 신통치 않아 고민이오."

여기서 정 명예회장이 말한 유상증자는 많은 이점이 있었다. 기업이 자금을 확보하는 데는 은행 대출, 채권 발행, 자본금 조달 등 크게 세 가지 방법이 있다. 이 중 기업들이 가장 선호하는 방법은 자본금 조달, 즉 유상증자이다.

주식을 발행해 이를 수요자들에게 팔면서 일정한 가격을 받는 유상증자는 단순히 돈을 빌리는 대출이나 채권에 비해 장점이 상당하다. 우선 원금과 이자 상환의 부담이 없다. 주식은 시중에서 끊임없이 유통되긴 하지만 보유 주식에 대해 회사가 지는 책임은 회계 연도마다 자율적으로 결정하는 배당금 지급이 고작이다.

주식 투자자들은 회사 주식 가치가 오를 때 얻는 시세 차익에는 민감하지만 주식을 살 때 가격으로 회사에 되사라고 요구하는 경우는 드물다. 물론 회사가 도산하거나 주가가 부진하면 경영진이 사회적, 도덕적인 비난을 받는 경우는 많지만 이 경우에도 법적인 책임을 지는 것은 아니다.

자본금은 상환 의무가 없기 때문에 특히 중장기적인 전략 사업에 투자할 때 유용하다. 만기를 정해 돈을 빌릴 경우 성과도 이 이전에 내야 한다는 부담이 있지만, 증자의 경우 발행만 순조롭게 이뤄진다면 이후 자금 운용에 여유를 가질 수 있다.

여기에 자본금은 회사의 안정성을 담보하는 지표이기 때문에 증자는 기업신용도를 재고하는 효과도 가져온다. 기업의 건전성을 살피는 주요 지표 중에 부채 비율이 있는데 이는 자본금(Equity)과 기업의 채무(Liability)를 비교한 수치로 통상 200% 이내이면 우량 기업으로 평가된다.

그러나 맹점도 있다. 실제로는 돈을 벌지 못하는 기업이 부진한 실적을 증자로 보충해 건전성을 유지하는 상황을 투자자들이 알아내지 못해 손실을 보는 상황도 많은 것이다.

이런 여러 장점 때문에 유상증자를 계획하고 있는 모양이지만, 국외 자본은 이 기회에 한국의 기업 사냥에 눈독을 들일 뿐 국내 기업의 유상증자에는 관심이 없었다.

게다가 국내 은행이나 기업, 국민 모두 자기 발등에 불이 떨어졌는데 남의 주식을 살 여력이 어디 있겠는가? 그러니 정 명예회장의 이야기는 현실성이 떨어졌다.

"제가 생각해도 힘들 것 같습니다."

"그렇지요? 그래서 말인데, 삼원그룹 측이 전량 인수해 주면 안 되겠소?"

"전환사채라면 모를까 불가합니다."

"전환사채?"

"그렇습니다. 지금 은행 금리가 20%를 넘고 있으나 12%로 해드리겠습니다. 그 대신 3년 약정이고 현대차를 담보로 제공해 주십시오."

"흐흠!"

침음하며 이마에 내천 자 주름을 잡고 고민에 고민을 거듭하던 정 명예회장이 끝내는 고개를 흔들며 말했다.

"아무래도 안 되겠소. 금리보다 현대차를 담보로 제공한다는 것이 영 마음에 걸리오. 어떻게 일군 기업인데 여차 즉하면 넘겨야 한다 생각하니……."

끝내 고개를 흔드는 정 명예회장을 보고 태호 또한 더 이상 입을 열지 않았다. 이렇게 오늘 두 사람의 회동은 불발로 그치고 말았다. 그러나 앞으로는 두고 볼 일이었다.

한국 재계 서열 1, 2위 총수들의 비밀 회동은 번개 회동답게 언론 노출은 피했지만, 정 명예회장으로서는 무위로 그친 회동으로 인해 가슴이 납덩이를 단 것처럼 무거웠다.

하지만 재계의 살생부를 삼원그룹이 쥐고 있다고 회자될 만큼 현금 뭉치를 싸놓고 있는 삼원그룹 총수 태호로서는 어제의 만남이 별로 기억에 남을 만큼의 회동은 되지 못했다.

그러나 연일 계속해서 걸려오는 재계 총수들의 회동 제의에는 곤혹스러움을 감추지 못하고 있었다. 그런데 단 한 곳, 오늘 아침 걸려온 진로 장진호 회장의 만남 요청에는 즉각 반응해 비서진을 당황케 했다.

당장 오늘 저녁 7시 삼청각에서 만날 것을 약속한 것이다. 그렇게 약속이 잡히자마자 태호는 정 비서실장을 불러 정보부서에서 작성한 진로그룹에 대한 내부 문건을 가져오도록 지시했다. 이에 정 비서실장이 즉각 진로그룹 파일을 뽑아오자 태호는 그 내용을 천천히 읽어 내려갔다.

[…1975년 경영 일선에서 물러난 진로 창업주 장학엽 씨는 자신의 5형제 가운데 둘째인 학섭 씨의 장남 익용 씨가 그룹을 이끌어나가도록 지명한다. 52년생인 자신의 장남 진호는 당시 나이 23세였기 때문에 곧바로 경영 일선에 투입하기에는 어려움이 있었다.

그 결과 경영권 분쟁이 촉발되는 계기가 되어 상당 기간 동안 몰래 주식을 매집하고 우호지분을 끌어 모은 진호 씨가 85년 10월 주총에서 경영권을 손에 넣게 된다. 그의 나이

33세 때의 일이다.

이렇게 회장에 취임한 장 회장은 무모하리만큼 빠른 속도로 사업 확장에 나선다. 그 결과 80년대 후반에는 종합광고업(새그린)에 진출하고, 연합전선, 진로위스키, 진로종합유통, 진로백화점, 진로제약, 진로건설 등을 인수하거나 설립한다. 그리고 90년대 초반에 들어서면 진로스쿠어맥주, 진로베스토아, 진로종합식품, 진로인터스트리즈, 여성 전문 케이블 텔레비전, 진로하이리빙, 진로지리산샘물 등으로 계열사를 확장해 나간다.

그러나 이런 사업 다각화는 결론적으로 진로그룹에 큰 재정적 부담을 안겨주고 말았다. 특히 종합유통업 진출과 맥주 사업은 두 사업 모두 막대한 초기 투자가 필요한 부분으로 그룹의 재무 구조를 결정적으로 악화시키는 요인이 되었다.

그 결과 95년이 되면 이미 진로인터스트리즈의 경우 부채비율이 6만%에 이를 정도로 부실화되었고, 쿠어스맥주와 건설은 이미 자본 잠식 상태에 이르게 된다. 따라서 주력 기업인 진로는 감내하기 힘든 지원을 계속해야 했고, 그 결과 98년 1사분기 기준 출자금 1,208억 원, 대여금 1조 3,262억 원, 지급보증 7,482억 원 등 모두 2조 1,950억 원에 달하는 채무를 지게 되었다.

그렇지만 주력 기업인 진로는 현 시장 점유율 38%로 올 연말

영업 이익 790억 원을 기록할 것으로 예상된다. 그러나 이를 정상적으로 자본 투입을 하고 영업망을 더욱 확충한다면 5년 후인 2003년에는 시장점유율을 55~6% 선으로 끌어올릴 수 있고, 매출액과 영업 이익은 각각 6,900억 원과 1,930억 원을 달성할 것으로 예측된다.

따라서 현 시점에서 진로소주 자체만을 인수한다면 2조 5천억 원이 적정한 인수가이며, 만약 이것이 경쟁 입찰이 된다면 낙찰가는 최소 3조 원대 내지 그 가격을 훌쩍 상회할 것으로 예상된다.]

읽기를 마친 태호는 자세한 정보 내용에 크게 만족하며 고개를 끄덕였다.

*   *   *

저녁 7시.

태호는 평소처럼 오후 5시에 정상적으로 퇴근하는 것으로 가장하여 자신의 승용차를 내보냈다. 그리고 실제 자신은 중역들이 타는 차량을 타고 삼청각으로 이동했다.

곧 익숙한 마담의 안내로 자신이 애용하는 장소인 청천당에 도착하니 장 회장은 벌써 문 입구에서 그를 기다리고 있었다.

"만남을 허락해 주셔서 감사합니다, 회장님."

"별말씀을요. 어서 안으로 들어가시죠."

"네, 회장님."

곧 두 사람이 자리를 잡고 앉자 양 비서실장이 옆자리에 나란히 동석했다. 그러자 대기하고 있던 네 명의 아가씨가 마담의 지시에 의해 한 명씩 자신의 소개를 하고 마담이 지시한 사람 옆 좌석에 앉았다.

"음식을 들일까요, 회장님?"

"그러세요."

곧 마담의 지시에 의해 사전 예약된 음식이 줄줄이 나오기 시작했다.

그리고 술은 장 회장의 면을 감안해 그 회사 제품의 양주가 나왔다. 영화 '007 시리즈'와 '붉은 10월' 등으로 유명한 숀 코너리가 광고에 등장한 '칼튼힐'이라는 양주였다.

곧 네 미모의 아가씨들이 각자의 파트너 잔에 술을 따랐다. 이에 태호가 네 명의 아가씨를 둘러보며 말했다.

"술을 마시기 전에 잠시 할 이야기가 있으니 나가 있으세요."

"네, 회장님."

곧 마담과 함께 아가씨들이 우르르 나가자 태호가 먼저 입을 떼었다.

"장 회장님, 하실 말씀 있으면 하시죠."

"저… 염치없지만 저희 그룹을 도와주시면 안 되겠습니까, 회장님?"

"얼마나요?"

태호의 말이 떨어지자마자 장 회장이 깜짝 놀란 표정을 지었다가 얼른 수습하며 말했다. 설마 타 기업에는 짠돌이로 소문난 삼원그룹 총수가 지원해 준다는 말을 할 줄은 몰랐던 모양이다.

"다다익선이나 우선 급한 대로 1천억 원 정도면 급한 불은 끌 수 있겠습니다, 회장님."

"그래, 우리 그룹의 지원으로 급한 불은 껐다 칩시다. 그다음은 어떻게 할 작정이십니까?"

"자구안을 마련하고 있으나 쉽지 않은 것도 사실입니다."

"차라리 그럴 바에야 하나를 매각해 전부를 살리는 방법을 택하는 것은 어떻겠습니까?"

"좀 더 자세히 말씀해 주실 수 없습니까?"

"진로를 매각하면 여타 기업을 다 살릴 수 있지 않겠습니까?"

"그렇지만 현금 창고이고 모기업을 매각한다는 것이……."

"제가 판단할 때는 그렇지 않고서는 모두 부실화되어 조만간… 더 이상은 주제넘은 소리 같아 말씀드리지 않겠습니다만, 때로는 비상한 결단이 필요하지 않을까요?"

"만약 진로를 매각한다면 얼마를 주시겠습니까?"

"2조 원!"

"네?"

생각할 것도 없이 바로 단호하게 답하는 태호를 보고 깜짝 놀라는 표정을 지은 장 회장이 곧 표정을 수습하고 말했다.

"정말 인수할 의향이 있으신 것은 알겠는데, 솔직히 금액이 너무 적습니다."

"얼마를 원하십니까?"

"최소 3조 원은 되어야……."

이 부분에서 말을 하며 태호의 눈치를 보는 장 회장이다.

아니나 다를까, 태호가 웃으며 말하나 내용은 전혀 정반대였다.

"우리 그러지 말고 술이나 마시다 갑시다."

"정 그러시다면 2조 7천억 원에 전액 현금이면 매각하겠습니다, 회장님."

"2조 5천억 원이면 솔직히 적정가로 산정하고 왔습니다. 거기에 적자가 나는 쿠어스맥주까지 끼워주신다면 당장 내일이라도 전액 현금으로 드릴 용의가 있습니다. 기왕이면 소주 회사에서 맥주까지 생산하는 일관 체제를 갖추는 것이 좋지 않겠습니까?"

태호의 말에 장 회장이 옆의 비서실장을 바라보며 그의 의사를 묻자 그가 말했다.

"회장님, 잠시 바람 좀 쐬고 오죠?"

곧 장 회장이 태호에게 양해를 구했다.

"잠시 실례 좀 하겠습니다."

"그러시죠."

태호가 고개를 끄덕여 동의하니 두 사람이 곧 실내를 벗어났다. 그러자 정 비서실장이 말했다.

"조금 더 쳐주셔도 되지 않겠습니까?"

"하는 걸 두고 봅시다. 자, 우리끼리라도 우선 한 잔 합시다. 언제 들어올지도 모르니."

"네, 회장님."

곧 두 사람이 잔을 부딪치며 양주 반병을 비웠을 무렵 두 사람이 다시 들어와 자리에 앉았다. 그러자 태호가 장 회장을 보고 물었다.

"결정하셨습니까?"

"2조 8천억 원이면 둘 다 매각하겠습니다. 물론 모두 현금입니다."

이에 태호가 정 비서실장을 바라보니 그가 가볍게 고개를 끄덕였다.

"좋습니다. 그렇게 하기로 하고, 외람되지만 몇 마디 조언을 해도 될까요?"

"회장님의 통찰력이라면 재계에 정평이 나 있는데, 돈을 내고서라도 듣고 싶었습니다. 귀를 씻고 듣겠습니다, 회장님."

그의 말에 미소를 띠고 고개를 끄덕인 태호가 말했다.

"차제에 적자가 나는 기업은 모두 청산하시고 몇몇 유망기업만 골라 집중 투자하십시오. 하고 남은 돈이 있다면 당분간 주식에 묻어두면 장래 큰 도움이 되실 겁니다."

"주식이라면 어느 주식에 투자하는 것이 좋겠습니까, 회장님?"

"초우량 기업의 주식이죠. 솔직히 지금은 재계 2, 3, 4위 기업도 어떻게 될지 모르니 신중하셔야 합니다."

"회장님의 말씀인즉 삼원그룹에 투자하라는 말과 진배없군요."

"제 소유 그룹이라 하는 말이 아니라 가장 안전할 겁니다."

"대마불사라는 말도 있으니 현대나 삼성, 대우 등은 그래도 안전하지 않겠습니까?"

"아마 대마불사라는 말도 몇 년 안에 깨질 것 같으니 조심하는 게 좋겠습니다."

"회장님은 그 정도로 우리나라 사정을 심각하게 보시는군요."

"그렇습니다."

"알겠습니다. 회장님의 조언에 따르겠습니다."

이때 정 비서실장이 처음으로 입을 열었다.

"내일이라도 당장 계약이 완료된다면 일시 현금으로 지불하도록 하겠습니다, 회장님."

이 말을 들은 진로 비서실장이 말했다.

"확실히 삼원그룹이 실탄은 넉넉한 모양이군요. 좋습니다. 내일 오전 8시에 실무자들을 귀 그룹으로 파견해 계약서를 작성하는 것으로 하죠."

이 한마디로 인해 장 회장은 훗날 동남아를 떠돌게 되는 비운의 신세를 면하게 되었다.

*　　　　　*　　　　　*

다음 날 오전 10시.

양 그룹 간에 어제 이야기대로 2조 8천억 원에 ㈜진로는 물론 진로쿠어스맥주까지 인수양도 계약이 체결되자마자 태호의 지시로 미국 총괄 법인에서는 곧바로 20억 달러를 넉넉히 송금해 왔다.

20억 달러면 현 환율로 3조 4천 4백억 원 돈이 되어 여유 있는 자금이다. 혹자는 태호가 굳이 달러를 동원하느냐고 묻겠지만, 사실 국내에 삼원그룹이 소유하고 있는 한화는 5천억 원을 넘지 않고 있었다.

여기에 외국에서 달러로 입금이 되니 정부에서도 크게 반기며 삼원그룹을 채근하지 않게 되는 한 요인이 되고, 또 한 이유는 850원 선에서 매입한 달러가 지금은 1,720원대를 오르락내리락하니 절반 가격에 인수하는 것 같아 기분이 좋은 것도 한 이유가 되었다.

이렇게 삼원그룹이 70년대 국내 소주 시장 1위에 오른 이후 한 번도 1등을 놓치지 않았고, 수도권 점유율 92.75%를 기록하며 그야말로 현금 창출 능력 면에서 탁월한 능력을 가진 진로소주와 맥주를 매입하고 배를 두드리고 있을 때였다.

정부에서는 6월 27일을 기해 기아 및 아시아 자동차의 국제 입찰을 확정 발표했다. 이에 여러 곳에서 참여 준비를 한다는 정보가 입수되었다. 대우는 물론 현대, 외국 기업도 있었다.

그래서 태호는 현대 정 명예회장에게 전격적으로 회동을 제안했다. 곧 정 명예회장이 응하니 두 사람은 또다시 옛 청담동 허름한 식당에서 만나게 되었다. 6월치고는 유례없는 폭염을 기록해 좀 과장되게 말하면 아스팔트 포장도로가 녹아내릴 정도로 무척 더운 날이었다.

그런 날 두 사람은 에어컨도 없는 방에서 고개 꺾인 선풍기 하나에 의지해 회담을 진행하고 있었다.

주인아주머니가 제공한 단 두 개의 부채 중 하나를 들고 정 명예회장이 연신 펄럭이며 노익장을 과시하고 있을 때, 천천히 부채질을 하던 태호가 입을 떼었다.

"회장님의 이번 소 떼 방북은 그야말로 세계적인 빅뉴스였고, 남북 민간 교류의 물꼬를 트는 기념비적인 사건이었습니다. 늦었지만 다시 한번 축하드립니다, 회장님."

"하하하! 그날을 생각하면 지금도 설레 잠이 잘 안 온다오."

지금 두 사람이 나누고 있는 대화는 얼마 전인 6월 16일, 83세의 정주영 명예회장이 1차로 트럭 50대에 500마리의 소를 싣고 판문점을 넘는 사건을 말한다.

이날 오전 임진각에서 정주영 명예회장은 '한 마리의 소가 1,000마리의 소가 돼 그 빚을 갚으러 꿈에 그리던 고향산천을 찾아간다'고 그 감회를 밝힌 바 있다.

이렇게 덕담을 건넨 태호가 곧장 본론으로 들어갔다.

"제가 듣기로 현대에서도 금번 기아 입찰에 응하는 것으로 알고 있습니다. 그러고 보면 현대가도 자금이 풍부한 모양입니다, 회장님."

"돈이 많아서라기보다 지에미(GM)인지 포도(포드)인지 하는 양놈들까지 깝죽거린다는 말을 듣고 결코 외국 놈들에게 기아차를 빼앗기기 싫어서일 뿐이오."

"정 회장님의 애국심은 잘 알겠는데, 만약 우리가 참여한다면 어찌하시겠습니까?"

태호의 질문에 정 명예회장의 부채질하는 속도가 더욱 빨라지며 말했다.

"거참, 김 회장은 사람을 난처하게 하는 재주가 있구먼. 생각은 해봐야겠지만 우리도 기아를 사서 현대와 합치고 싶은 욕심은 있소. 김 회장도 자동차 경영을 해봐서 잘 알겠지만, 규모의 경제라는 것이 있질 않소? 만약 기아까지 사서 부품 납품업체까지 통폐합을 한다면 규모의 경제로 인해 그야말로 단가가 낮아지는 것은 물론, 하청업체들까지도 딴 짓거리 안 해도 먹고살 만해질 것이란 말이오."

"결국 참여하시겠다는 이야기네요."

"그런 셈이지."

"인천제철, 아니, 현재 가지고 계신 제철회사를 우리에게 매각할 생각은 없으십니까?"

"김 회장, 한번 생각해 보시오. 우리가 소유하고 있는 자동차나 선박 건조에 철이 얼마나 필요하오? 일관 산업을 위해서라도 제철소는 더 짓거나 인수해야 할 판이란 말이오. 정부에서 허가를 내주지 않아 지금까지 짓지 못했지만 말이오."

"자동차 매각은 당연히 안 되겠군요."

"더운데 왜 이러오? 그런 소리만 하려면 그만 일어납시다."

"하면 현대전자는 어떻습니까?"

"엉?"

정 명예회장이 엉겁결에 답하고 이맛살을 찌푸린 채 잠시 생각에 잠겼다. 현대그룹에서도 뒤늦게 반도체 사업에 뛰어들어 얼마 전까지 계속된 호황에 짭짤한 재미를 보았다. 그러나 작년부터 급격히 위축된 반도체 경기로 인해 현대그룹도 내부적으로는 속앓이를 하고 있는 중이었다.

아무튼 잠시 생각에 잠긴 정 명예회장이 입을 떼었다.

"그 문제는 생각 좀 해봅시다. 그놈이 요즈음은 애물단지로 전락해서 말이오. 세계적인 불황이 오니 적자로 돌아서서 계속 돈만 잡아먹는데, 그렇다고 김 회장같이 자금이 풍부해 계속 공격적인 확장을 할 수 있는 것도 아니고……."

"그 매각 대금으로 부채 비율을 대폭 낮추는 것이 현명하지 않을까 싶습니다만."

"흐흠!"

또 한 번 장고를 거듭한 정 회장이 조금은 밝은 안색으로 말했다.

"요는 가격이 맞아야지."

"얼마를 드리면 되겠습니까?"

그러자 정 명예회장이 옆에서 땀만 뻘뻘 흘리고 있는 김윤규 부회장을 툭 치며 물었다.

"이봐, 얼마 받으면 되겠어?"

"한 6조 원 정도?"

"이 사람이, 우리가 거기다 쏟아부은 돈이 얼마인데, 7조 원 내시오."

7조 원을 부르는 바람에 태호의 이맛살이 저절로 찌푸려졌다. 이것이 몇 년 후면 완전 부실화되어 근 십 년을 매각도 안 되고 골칫거리로 전락하는 바람에 궁극에는 SK텔레콤에서 신주 발행 포함하여 3조 5천억 원에 매각되는 것을 잘 알고 있는 태호로서는 그 배를 주고 사야 하나 말아야 하는 갈등에 빠졌다.

더구나 지금은 이 당시 소위 빅딜로 현대가 LG반도체를 인수한 상태가 아니라서 그 규모가 훨씬 더 작았기 때문이다. 원 역사와 달리 삼원에서 반도체 사업에 뛰어드는 바람에 당시 럭키금성그룹은 아예 반도체 사업 자체를 하지 않았기 때문이다.

아무튼 태호가 장고에 빠지자 한 무릎 다가앉은 정 명예회장이 말했다.

"한 푼도 안 깎고 그 금액에 인수해 준다면 기아는 아예 단념하도록 하지."

"정말이십니까?"

"나 일구이언하는 사람 아니오."

"좋습니다. 그렇게 하도록 하죠."

멍……

태호가 승낙하니 오히려 두 사람이 멍한 표정으로 태호를 바라보는데 초점이 없었다.

이렇게 두 오너에 의해 타결된 협상으로 그 후의 일은 일사천리로 진행되었다. 인수 양도 계약서가 체결된 사흘 후에는 미국에서 30만 달러가 삼원그룹으로 입금되고, 부족한 부분은 기존 가지고 있던 돈과 합쳐져 현대그룹에 전해졌다.

그러고도 태호는 조금 비싼 가격에 산 것이 아닌가 해서 한동안 배가 아팠지만, 그래도 850원에 매집한 달러가 지금은 1,720원 선을 오르내리는 것을 생각하면 절반 가격에 샀다 생각하고, 여기에 2016년의 반도체 대호황을 생각하고 스스로 위안할 수 있었다.

이렇게 현대가 기아 인수전에서 이탈함으로써 실질적으로 대우와 삼원의 이 파전으로 좁혀졌다고 태호는 생각했다. 한 술 더 떠 태호는 대우 또한 충분한 자금력이 없기 때문에 이제 기아 인수는 받아놓은 밥상이라고 내심 생각하고 있었다.

그러나 8월 22일 시작된 1차 입찰에서 의외의 복병이 나타나 태호를 긴장케 했다. GM은 아예 1차부터 입찰을 포기해 대우, 삼원, 포드만이 응찰할 줄 알았더니 그동안 관망만 하던 삼성이 1차 입찰에 응한 것이다.

이에 태호는 삼성의 이건희 회장에게 긴급 회동을 제안했다. 그 또한 태호를 몇 번 만나려 했으나 성사되지 않아 유쾌한 기분은 아니었지만 바라던 기회라 바로 회동에 응했다.

이 회장이 안가를 지정해 평창동 가정집에서 이루어진 극비 회동이었다. 그것도 자정이 가까운 11시 30분에. 시간이 시간인 만큼 태호는 숙직하고 있던 경호원만 대동한 채였다. 그러나 기획자인 그로서는 비서실장과 몇몇 중역도 배석시켜 회담의 우위를 점하고 있었다.

곧 태호가 대문을 지나 정원으로 진입하자 이 회장이 일행을 이끌고 나타나 환대했다.

"어서 오시오, 김 회장."

"이 시간에는 원래 주무시지 않습니까?"

"원래는 그렇지만 중요 회동을 앞두니 정신이 번쩍 난다오."

자신보다 열일곱 살이나 더 먹은 이 회장이기 때문에 태호는 그가 반 공대를 해도 전혀 기분 나쁘게 들리지 않았다.

곧 거실 안으로 들어간 일행은 탁자를 중심으로 나누어 앉았다. 그러나 태호는 달랑 혼자이고 저들은 사람이 많아 측면까지 차지한 상태가 되었다. 아무튼 이렇게 자리를 잡자 이 회장이 먼저 운을 떼었다.

"보자고 한 이유가 뭐요?"

"단도직입적으로 말씀드리겠습니다. 삼성자동차를 저희 그룹에 매각하십시오."

"흐흠!"

전혀 예상지 못한 말이었는지 아니면 나올 수 있는 말이라 생각했는지 그의 표정으로서는 도저히 알 수 없었지만, 그의 표정은 매우 심각했고 침묵은 꽤나 길었다.

그런 그가 다시 입을 연 것은 그로부터 장장 5분이 지난 후였다. 태호 또한 그동안 아무런 말을 하지 않고 그의 입만 주시하고 있었다.

"나의 자동차에 대한 집념은 김 회장도 잘 알고 있으리라 생각하오. 그래서 나는 금번에 반드시 기아를 인수하기로 마음먹었소. 한데 만약 인수전에 실패한다면 솔직히 삼성자동차에서도 손을 떼고 싶은 심정이오. 김 회장도 잘 아는 바와 같이 자동차라는 것이 최소 30만 대 이상은 생산해 규모의 경제가 실현되어 그때부터 본격적인 경쟁력을 갖는 것인데, 아무튼 금년 3월 SM5를 첫 출시하자마자 환란 상태라 매기가 없는 것도 큰 원인이오."

이 회장의 말대로 삼성자동차는 1995년 자본금 1,000억 원으로 시작해 금년 3월에 첫 시제품을 출시했다. 그러나 환란으로 소비가 위축된 상태라 초창기부터 매우 힘든 상황을 겪고 있는 그들의 자동차 산업이었다.

그래서 요즈음은 이를 잘 알고 있는 정부에서도 나서고 있는 실정이었다. 대우전자와 삼성자동차를 맞교환하라고 종용하고 있는 상태인 것이다. 그러나 이 회장은 종전 그의 말대로 기아차를 인수하면 더 과감한 투자를 할 생각이고, 아니면 접을 생각으로 금번의 대회전에 뛰어들고 있는 것이다.

아무튼 특유의 그의 화법대로 느릿느릿 뱉는 한마디 한마디에 귀를 기울이고 있던 태호가 그의 말을 받았다.

"반도체도 불황, 자동차도 불황. 제가 볼 때는 한쪽에 올인하는 것이 좋겠습니다. 제가 파악한 정보로는 일본 반도체 업계는 더 이상의 투자를 않을 것입니다. 이럴 때 우리가 공격적으로 확장을 해 반도체 또한 규모의 경제를 실현해 놓으면 종당에는 우리 대한민국이 반도체 시장을 석권할 수 있지 않을까 생각하고 있습니다."

"김 회장의 말은 자동차에서는 완전히 손을 떼고 반도체에 집중하란 말이오?"

"그렇습니다. 반도체 한 분야만 해도 규모의 경제를 실현하려면 어마어마한 투자가 동반되어야 하지 않습니까?"

"흐흠!"

또 한 번 깊은 고민에 빠진 그가 말했다.

"잠시 시간을 줄 수 있겠소? 내부 토의를 좀 거쳐야겠습니다."

"얼마든지 하시죠."

"그럼 잠시 실례하겠습니다."

곧 이 회장은 중역들을 이끌고 한 방으로 들어갔다. 이렇게 되자 혼자 남은 태호는 무료한 시간이 싫어 거실을 나와 정원을 산책했다. 8월 말이지만 확실히 밤이 되자 선선한 바람이 불며 많이 시원해진 날씨였다.

그런 날씨 속에서 태호가 30분 정도 산책을 하고 있는데 비서실장으로 보이는 자가 다가와 들어오길 청했다. 이에 태호가 다시 안으로 들어가 자신의 자리에 앉자 조금은 긴장한 듯한 표정의 이 회장이 입을 떼었다.

"여러 소리 할 것 없이 내 단도직입적으로 묻겠소. 얼마 주시겠소?"

"삼성자동차 부채를 전부 떠안는 조건이면 어떻습니까?"

"정말이오?"

"이 회장님만큼이나 저도 자동차에 대한 집념이 남다릅니다. 두고 보십시오. 반드시 세계 첫째가는 자동차 왕국을 이루어놓을 테니까요. 삼성과 기아를 아우른 것을 시작으로 올해가 가기 전에 또 하나 세계적인 자동차 회사를 인수할 작정입니다. 또 이것으로 그치는 것이 아니라 요즘 헤매고 있는 일본 자동차 회사도 하나 인수해 가장 많은 생산 대수와 함께 판매 대수 1위도 반드시 실현시킬 작정입니다, 회장님."

"허허, 김 회장의 자동차에 대한 집념이 그토록 강한 줄 예전에는 미처 몰랐소. 아무튼 김 회장이 삼성자동차 부채를 떠안아주시겠다면 우리 그룹은 군말 없이 매각에 동의하는 동시에 자동차 시장에서 철수할 것이오."

"감사합니다, 회장님."

이로써 삼성자동차 인수 건이 성사되는 것은 물론 사실상 기아와 아시아 자동차 인수도 초읽기에 들어갔다. 그러나 태호로서는 마냥 기분 좋은 것만은 아니었다.

원 역사에서 1999년 6월 삼성그룹 이건희 회장은 사재 2조 8,000억 원을 삼성자동차에 출연함으로써 정상화를 꾀함과 동시에 매각 의사를 발표해 궁극에는 2000년 4월 르노—닛산 얼라이언스가 6,200억 원에 삼성자동차를 인수하기에 이르는 것이다.

따라서 이 모든 것을 감안해 삼원그룹은 결국 2조 원을 삼성에 지불함으로써 삼성자동차를 인수할 수 있었다. 그래도 삼성자동차가 온전히 삼원그룹 소유가 아니라는 것이 태호로서는 더 안타까웠다.

아직 삼성에는 처음부터 협력 회사로 출발한 36%가 그대로 닛산의 소유로 남은 상태였기 때문이다. 어쨌거나 공식적으로 삼성자동차 인수를 대내외에 발표한 삼원그룹은 1, 2차 유찰 끝에 진행된 3차 입찰에 가서야 기아아시아 자동차 인수 건의 우선 협상 대상자로 지정되었다.

따라서 기아 및 아시아자동차 인수전은 이제 본궤도에 진입해 삼원그룹 측과 기아채권단 및 정부와의 담판만 남게 되었다.

금번 기아의 인수 건에 있어서 가장 문제가 되는 부분은
부채 탕감 문제였다. 1차에서 탈락한 포드 같은 경우 주당
액면가인 5천 원 미만으로 써내 탈락되었지만, 나머지 국내
기업은 1차 때부터 지속적으로 부채 탕감을 요구해 왔기 때
문에 이 문제로 1, 2차 입찰이 유찰되었던 것이다.

그러나 3차는 이를 정부와 기아채권단이 수용함에 따라
삼원과 대우가 우선 협상 대상자로 지정된 것이다. 따라서 부
채를 얼마나 탕감해 줄 것인가를 놓고 정부와 삼원 측의 지
루한 싸움이 시작되었다.

한보의 정리 시기를 놓쳐 한국의 대외신인도를 떨어뜨리는
바람에 환란의 한 요인이 되었음을 잘 알고 있는 정부로서는
매일 정부와 삼원 측의 협상을 종용하고 빨리 매듭짓기를 원
했다.

그러나 8조 5,781억 원에 이르는 부채가 문제였다. 삼원 측
은 1조 원 이상을 주고서 살 수는 없었다. 그 이상은 도저히
가격에 맞지도 않을 뿐만 아니라 경영 정상화도 어렵다며 약
88%의 빚 탕감을 요구하니 쉽게 협상이 타결될 리 만무했다.

결국 시일만 자꾸 질질 끌게 되자 하루는 김대중 대통령이
청와대로 삼원그룹 총수 김태호를 초청하기에 이르렀다. 주

로 외국 정상 등에게나 허용되는 영빈관 오찬에 태호는 그룹 부회장 세 명과 비서실장을 데리고 참석했다.

이 자리에 참석해야 할 자동차 사장 카를로스 곤은 태호의 지시로 지금 미국과 서독을 오가며 동분서주하고 있었다. 아무튼 이에 반해 김 대통령은 김중권 비서실장, 강봉균 정책기획 수석, 김태동 경제 수석, 이규성 재경부 장관, 법정관리인 유종열 씨를 배석시켰다.

곧 드넓은 홀에 다소 썰렁한 감이 없지 않았지만 오찬은 시작되었고, 김 대통령이 말문을 열었다.

"김 회장이 나라를 위해 애 많이 쓰는 것을 잘 알고 있소. 이번 기아 건도 그런 차원에서 조속히 마무리되었으면 하오."

"힘쓰고 있습니다, 각하."

"문제는 부채 탕감이겠죠?"

"그렇습니다, 각하."

경제 문제에 관한한 역대 어느 대통령보다 해박한 지식을 갖고 있는 김 대통령이었기 때문에 관계 장관이나 참모들에게 자문을 구하지 않아도 결단하는 데는 큰 문제가 없었다.

"내가 볼 때는 이렇게 시일만 질질 끌다가는 그나마 조금씩 재고되는 대외신인도에 치명타를 입을 수도 있소. 그러니 조금씩 양보해 빠른 시일 내에 결론을 도출하도록 하시오."

"알겠습니다, 각하."

청와대 배석자와 삼원 측 모두 이구동성으로 대답하는 가운데 곧 식사가 시작되었다. 약 30분에 걸친 식사가 끝나자 김 대통령이 태호를 보고 말했다.

"김 회장, 잠시 나 좀 봅시다."

"네, 각하."

곧 김 대통령이 앞장을 서고 태호가 뒤를 따르는 가운데 이들은 대통령 집무실로 자리를 옮겼다. 양 비서실장만 배석시킨 가운데 김 대통령이 또 먼저 입을 떼었다.

"김 회장이 워렌 버핏이나 사우디의 왕자 등을 데려와 포항제철이나 삼원, 또 대우와 현대자동차에 투자를 이끌어내 달러 가뭄 해결에 많은 도움을 준 것을 잊지 않고 있소. 또 국내 기업을 인수하면서도 모두 달러로 지불하는 바람에 나라의 곳간을 채우는 데 큰 도움이 된 것도 사실이고 말이오. 따라서 이번 건도 거 뭐 시기냐. 그렇지. 그쪽에서 요구하는 2조 5천억 원에 이르는 천문학적 금액을 달러로 들인다면 타결이 좀 더 빨리 될 수 있다고 생각하는데 김 회장 생각은 어떻소?"

"네. 각하의 뜻대로 출자전환금도 달러로 입금해 우리나라가 하루라도 빨리 IMF 체제에서 벗어나도록 하겠습니다."

"좋은 일이오. 하고 기왕 삼원그룹이 자동차 인수전에 뛰어들었으니 이번 기회에 쌍용자동차도 아예 인수하는 것이 어떻소?"

여기서 쌍용자동차는 원 역사에서 98년 1월 대우그룹에 인수되는 것이었으나 현재는 그렇지 않았다. 태호가 김 회장을 만난 이래 두 사람은 잊을 만하면 한 번씩 만나 경영에 관한 이런저런 이야기를 주고받았다.

이때 태호가 주로 그에게 권고한 일이 빚을 내 확장하기보다는 보다 내실을 기하는 게 좋겠다는 조언을 많이 했다. 하여튼 그런 여파 때문인지 대우에서 쌍용자동차를 인수하지 않은 관계로 아직은 쌍용그룹 전체가 법정관리 상태였다. 이런 배경 하에 태호가 대통령의 질문에 답변했다.

"각하, 쌍용자동차는 솔직히 내수점유율 2%도 안 되는 회사로, 1조 7,655억 원에 이르는 부채를 떠맡기에는 무리가 많은 것 같습니다. 그러나 그룹 전체로 보면 쌍용양회, 증권, 정유, 건설, 제지 등 상당히 매력 있는 기업들이 많습니다. 따라서 분할 매각이 아닌, 그룹 전체를 일괄 매각한다면 인수할 용의도 있습니다, 각하."

"흐흠, 그렇단 말이죠?"

잠시 생각하던 김 대통령이 진중권 비서실장에게 시선을 돌리더니 말했다.

"이봐요, 김 실장."

"네, 각하."

"종전 김 회장의 말 들었죠?"

"네, 각하."

"그룹 전체를 일괄 매각하는 방안을 검토해 봐요."

"네, 각하."

이렇게 되어 어쩌면 쌍용그룹 전체를 또 인수할 입장에 처한 삼원그룹이다. 이날의 회동으로 기아 및 아시아자동차 매각 건은 급물살을 타기 시작했다. 그 결과 일주일 후에는 정부 및 삼원그룹의 공식 발표가 이루어지게 되었다.

'삼원그룹은 채권단으로부터 기아자동차 3조 2,800억 원, 아시아자동차 1조 5,800억 원의 부채를 탕감받고 2조 5,200억 원을 출자로 전환해 주되 1조 1,781억 원을 달러로 납부하기로 함에 따라 극적 타결에 이르렀다'는 내용이었다.

그러니까 삼원 측은 출자 전환되어 자본금이 되는 2조 5천억 원을 포함하면 총 7조 4천억 원의 부채 탕감을 받아 실제는 1조 1,781억 원 금액만큼의 달러를 지불하고 51%의 지분을 차지함으로써 두 자동차 회사를 그룹 소유로 만들게 된 것이다.

아무튼 이 가격은 좀 헐하게 팔았지만 그렇다고 지나치게 싸게 판 것이 아니라는 것이 국내외의 시각이었다. 이렇게 한 고비를 넘으니 정부에서 또 숙제를 내놓았다.

태호가 말한 것이 씨가 되어 쌍용그룹 전체가 일괄 매물로 시장에 나온 것이다. 이에 태호는 자신이 말한 것도 있고 해서 적극적으로 인수에 응한 결과 총 4조 1,200억 원에 그룹 전체를 일괄 인수하되 쌍용자동차는 1조 7,655억 원에 이르는 부채를 떠안는 조건으로 최종 계약이 체결되었다.

이로써 이 당시 재계 8위 그룹인 쌍용자동차 외에 위에서 언급한 쌍용양회, 증권, 정유, 건설, 제지 등 알토란 같은 기업을 수중에 넣었다. 그리고 태호는 인수 후 즉시 쌍용양회는 싼 가격에 인수한 그대로 소인섭이 경영하는 오원그룹에 넘겨줌으로써 명실공히 시멘트 업계의 1인자로 올라서게 했다.

아무튼 이렇게 연일 바쁜 와중에도 태호는 소하리 기아자동차는 물론 광주 아시아자동차를 둘러보고 지금껏 체불되었던 임금 모두를 일시에 지급하겠다는 약속을 해 종업원의 사기를 북돋아주었다.

그 대신 노조로부터 무파업 3년을 보장받음으로써 약간이나마 보상을 받았다.

제9장
본게임 Ⅱ

어느덧 시월도 마지막으로 치닫는 10월 30일 밤.

태호는 인천야구장에 와 있었다. 한국시리즈 6차전을 직접 관람하기 위해서였다. 효주와 함께였다. 효주는 원래 야구에 대해서 전혀 몰랐다.

그러나 태호가 다른 일이 없으면 퇴근해 야구만 보자 그때부터 관심을 갖게 되어 지금은 대부분의 야구 규칙을 잘 알고 있는 관계로 함께 야구를 보는 날이 많아졌다.

오늘만 해도 태호가 오늘 아무래도 우승할 것 같은 예감이 든다며 함께 가자고 하자, 효주 또한 기꺼이 따라나서는 바람에 두 사람은 지금 한국시리즈 6차전을 VIP석에서 나란히 관람하고 있는 중이다.

이 장면이 오늘의 경기를 중계하고 있는 TV 화면에 종종 잡히기도 했지만, 둘은 이를 전혀 모른 채 경기를 보는 것에만 집중하고 있었다.

경기 초반 매 이닝 주자가 나가면서도 점수가 나지 않던 공방은 4회 말 삼원 공격에서 한 방에 결판이 났다. 삼원은 4회 말 3번 박재홍의 좌전안타로 기회를 잡았다.

쿨바의 잘 맞은 타구가 펜스 앞에서 중견수에게 잡히면서 찬스가 무산되는가 싶었지만, 이숭용이 볼 카운트 0-1에서 손혁의 한복판 높은 체인지업을 잡아당겨 우월 투런포를 터뜨렸다.

2 : 0 삼원 리드. 카운터펀치를 맞은 손혁은 김경기와 박경완을 연속 볼넷으로 내보내며 흔들렸고, 결국 일찌감치 마운드에서 내려갔다. 2사 1, 2루. 여기에서 박진만이 다시 좌전안타를 때려내며 한 점을 더 보태 점수는 3 : 0이 됐다.

5회 말에도 삼원은 박재홍의 볼넷으로 시작해 쿨바가 송유석의 3구째 슬라이더를 번개처럼 잡아당겨 좌월 2점포를 만들어냈다. 5 : 0. 삼원은 이틀간 휴식을 취한 정민태를 언제든 마운드에 올릴 준비가 되어 있었다.

다섯 점은 지친 LG가 만회하기에는 벅찬 점수 차였다. 마침 경기 초반 흔들리던 김수경도 4회부터 안정을 찾아 호투를 펼치고 있었다. 시리즈 처음으로 선발로 나온 김수경은 이날 7회 1사까지 4안타 볼넷 3개로 무실점하며 한국시리즈 최연소(19세 2개월 10일) 승리투수가 되는 순간이 얼마 남지 않았다.

LG가 5 : 1로 추격한 8회 초, 1사 1루에서 삼원은 투수를 정민태로 교체했다. 정민태는 최원호가 남긴 주자를 불러들여 1점을 내주어 이제 스코어는 5 : 2. 이렇게 되자 긴장이 되는지 효주가 태호에게 말했다.

"3점 차지만 잘 막아낼 수 있을까요? 어쩐지 불안하네요."

"아웃 카운트 다섯 개만 더 잡아내면 돼."

"그게 말로는 쉽지만 어렵잖아요."

"잘하겠지. 내가 우승시키기 위해 쏟아부은 돈이 얼마인데."

태호의 말과 같이 삼원은 야구에 엄청난 투자를 했다. 그 결과 창단 첫해부터 한국시리즈에 진출하며 파란을 일으킨 삼원 돌핀스. 하지만 2년째인 1997년은 51승 4무 71패로 7위에 그쳤다.

실망스러운 시즌이 끝난 어느 날, 그룹 총수 태호가 김용휘 단장을 그의 집무실로 호출했다. 그리고 질문을 던졌다.

"팀이 우승하려면 포수가 필요할까요, 아니면 4번 타자가 필요할까요?"

잠시 생각한 김 단장은 '포수가 필요합니다'라고 대답했다. 그로부터 얼마 후, 삼원은 현금 9억 원을 주고 쌍방울에서 국내 최고 포수 박경완을 영입했다. 그리고 1998년, 삼원은 이전과는 전혀 다른 팀으로 새롭게 탄생했다.

이적 첫해 박경완은 123경기에 출전해 타율 2할 5푼에 19개의 홈런을 쳐내며 데뷔 후 두 번째로 뛰어난 시즌을 보냈다. 하지만 박경완의 진짜 가치는 타격이 아닌 포수 마스크를 썼을 때 나왔다.

그해 삼원 마운드는 무려 5명의 10승 선발투수를 배출했다. 에이스 정민태가 17승으로 다승 2위에 오른 것은 물론, 정명원과 위재영, 최원호가 철벽 마운드를 구축했다.

여기에 고졸 신인 김수경이 12승을 따내는 활약으로 팀 역사상 두 번째 신인왕에 올랐다. 투수들의 구위도 워낙 뛰어났지만, 무엇보다 능수능란하게 투수진을 이끈 포수 박경완의 역할이 절대적이었다.

여기에 앞서 언급한 김태호 회장을 비롯한 구단의 적극적인 지원과 절묘한 선수 영입도 한몫을 했다. 1997년을 앞두고 영입한 전준호가 이적 2년째부터 맹활약을 시작, 머리를 아프게 하던 고민을 한 번에 해결했다.

2루수가 약하다는 진단이 나오자 구단은 백전노장 이명수

를 영입했고, 이명수로는 풀 시즌을 소화하기 힘들다고 판단
하자 LG에서 박종호까지 데려왔다. 좌완투수가 필요해지자
이번에도 쌍방울에 선수 2명과 3억 원을 내주고 조규제를 트
레이드해 왔다

이렇게 다른 팀이 환란을 맞아 현금에 목말라할 때 태호는
아낌없이 현금을 풀어 보강에 보강을 거듭한 결과 지금 한국
시리즈 우승 직전까지 와 있는 것이다.

정민태가 비록 1점을 내주기는 했지만, 마지막 타자 유지현
을 잡아내는 것으로 남은 아웃 카운트 다섯 개를 더 이상의
실점 없이 막아내며 경기를 마무리 지은 것이다. 이로써 창
단 3년 만에 삼원의 한국시리즈 우승이 확정되었다.

7전 4선승제에서 최종 스코어 5 : 2로 그렇게도 꿈꾸던 인
천 팀의 한국시리즈 우승이 17년 만에 이루어지는 환희의 순
간, 김재박 감독을 비롯한 전 선수와 코치 할 것 없이 모두
운동장으로 뛰어나와 한 덩어리가 되어 얼싸안고 빙글빙글
돌았다.

이 모습을 보며 효주가 손수건으로 눈가를 찍으며 말했다.

"괜히 저도 기뻐 눈물이 다 나네요."

"나도 감격스러워. 두둑이 보너스를 주어야겠군. 하하하!"

그런데 둘은 모르고 있었다.

태호의 대소하는 장면과 효주가 눈물을 찍어내는 장면이

TV 화면을 통해 지금 전국 안방에 실시간으로 전해지고 있음을.

이때였다.

갑자기 태호의 휴대폰 벨이 울리며 기쁨의 순간에 찬물을 끼얹은 것은.

"여보세요?"

―회장님, 저 카를로스 곤입니다.

"오, 어쩐 일이오, 이 시간에?"

―교섭이 잘 이루어지고 있는데, 막판에 훼방꾼이 나타났습니다.

"그놈들이 도대체 누구요?"

―다임러―벤츠입니다.

"허, 그것참. 그래서 어찌하려 하오?"

―회장님이 직접 크라이슬러사로 오셔 담판을 짓는 것은 어떨까요?

"내가?"

―네, 회장님.

"좋소. 내일 당장 내가 건너가리다."

―기다리겠습니다, 회장님.

태호는 어쩔 수 없이 크라이슬러의 인수전 막판 해결사로 가지 않을 수 없음을 알고 입맛을 다셨다. 이를 본 효주가 물었다.

"무슨 일이에요, 여보?"

"응, 크라이슬러사의 인수가 막판에 난관에 봉착한 모양이야. 그래서 내가 직접 현지로 날아가 해결해야 될 것 같아."

"이번에는 저도 함께 가면 안 될까요?"

"왜?"

"모처럼 바람이라도 한번 쐬게요."

"하하하! 그럽시다. 간만에 외국 나들이도 좋겠지. 매일 그 밥에 그 나물보다는 간만에 낯선 환경에서 당신을 끌어안아 보는 것도 쏠쏠한 재미가 있겠지."

"왜 또 그쪽으로 결론이 나요?"

"하하하! 자, 그만 일어나실까요, 사랑스러운 나의 공주님?"

"쳇!"

태호가 손을 내밀자 효주 또한 그의 손을 잡고 자리에서 일어났다.

아직도 그라운드에서는 우승의 열기가 식지 않아 전 선수와 코치들이 그라운드를 한 바퀴 돌고, 단 한 명도 이탈하지 않고 이를 지켜보던 관중들은 뜨거운 박수와 환호로 이들의 축제에 동참하고 있었다. 아무튼 이를 넉넉한 웃음으로 바라보던 태호는 여전히 녹색 그라운드 위로 쏟아지는 대낮같이 밝은 조명을 등지고 효주와 나란히 현장을 빠져나가기 시작했다. 그녀의 손을 꼭 잡은 채.

*   *   *

운동장을 벗어나자마자 태호는 늦었지만 정 비서실장에게
전화를 걸어 크라이슬러사와 독일의 다임러—벤츠에 대한 자
료를 뽑아 자신의 집으로 가져오도록 지시했다.

그로부터 1시간 후인 자정이 가까운 시간. 늦은 밤이었지만
태호는 그의 서재에서 정 비서실장이 건네준 정보 보고서를
읽고 있었다.

[(크라이슬러Chrysler)

크라이슬러사는 미국에서 GM, Ford에 이어 3번째로 큰 자동
차 시장점유율을 기록하고 있는 회사로, 97년 기준 매출액 608억
달러, 자동차 판매 대수 288만 7천 대로 주로 다목적 차량에서
고수익을 확보하고 있다. 1980년대 중반까지는 리아이아코카(Lee
Iacocca)에 의해 2차 오일쇼크로 인한 경영상의 문제점을 극복하고
적자도 해결하였던 크라이슬러는 아무 문제가 없는 것처럼 보였
다. 그러나 80년대 말에 들어 미국이 적자가 늘어나면서 미국 시
장의 구매력이 약화되고 자동차 업계의 채산성이 급격히 악화되
기 시작할 때, 크라이슬러는 신차 개발보다는 사업 다각화에 몰두

하여 경쟁 기반을 상실했다. 그 결과 매년 한 해 10억 달러의 적자를 기록해 현재 70억 달러의 은행 부채를 안고 있다. 그런데 여기서 하나 간과할 수 없는 것은 적자의 주원인이 직원들에게 제공하는 의료보험 비용이라는 것이다. 총 40억 달러의 적자가 의료보험 비용 지출로 인한 것이기 때문에 이를 해결하지 않고서는 인수 후에도 재기에 상당한 애를 먹을 것으로 사료된다.]

이후의 내용은 미국의 의료보험 실태에 대해 적나라하게 기술되어 있었는데 그 페이지 수만도 장장 12페이지에 이르렀다. 그걸 간단하게 축약하면 이런 내용이었다.

[미국에서의 의료비는 기본 1명의 아이를 포함 3명의 30대 기준 가정으로 한 달에 약 500달러 이상의 지출을 예상해야 한다. 만일 보험이 없는 상태에서 병원에 간다면 무조건 감기가 걸려도 수백 불의 비용을 지불해야 하는 곳이 미국이다. 여러 가지 법도 많고 기준도 많아 복잡하다. 미국에서 의료 행위는 많은 법적 실체들에 의해 제공된다. 의료기관들은 대부분 사설 기관에 의해 소유되고 운영된다. 의료보험제도 또한 마찬가지인데, 노인 의료보험이나 국민 의료 보조·소아 의료보험과 노병 건강관리국을 제외한 대부분의 의료보험을 사설 기관이 제공한다. 적어도 인구의 15퍼센트는 전혀 보장이 되지 않고 있으며 그 외 상당수의 인구도

의료 혜택을 알맞게 받지 못하고 있다. 미국은 그 어떤 나라보다도 개인이 의료에 쓰는 소비가 크며 투발루를 제외한 UN 가입국 중 어느 나라보다도 의료에 소비하는 국가의 전체 수입이 더 많다. 의료 채무는 미국 기업인들이 파산하는 주요인이기도 하다. 미국에서 보장을 받는 사람들과 받지 못하는 사람들의 전체 인구 수는 1997년 평가에 따르면 매년 100,000명에 이르는 것으로 분석되고 있다.]

[(Daimler—Benz)

항공·전자·소프트웨어 등의 무차별적 확장 정책이 항공기 메이커 포커사의 파산 등과 90년 초에 들어 독일 국내 경기 후퇴로 벤츠그룹은 95년 한해에만도 40억 달러의 손실을 초래했다. 다임러—벤츠사는 전통적으로 고급 승용차 부문에서 강력한 경쟁적 우위를 확보하고 있지만 고급 승용차 부문은 성장에 있어 한계에 봉착하고 있으며, 새로운 성장의 기회가 나타나고 있는 아시아와 중남미 시장에서도 고급차에 대한 수요는 성장의 가능성이 높게 나타나지 않고 있는 실정이다. 고급 차종에 특화하고 있는 벤츠의 경우 성장 가능성이 낮고 차세대 기술 개발도 어려울 것이라는 전망이 벤츠사 최고경영진의 생각이다. 북미 시장에서의 시장점유율이 낮은 것도 벤츠사에게는 해결해야 할 과제로 등장하고 있다.]

"흐흠."

보고서를 다 읽은 태호는 침음하며 생각에 잠겼다가 정 비서실장에게 질문을 던졌다.

"벤츠사가 크라이슬러를 인수하려는 의도는 잘 알겠는데, 문제는 미국의 의료보험에 대해 수많은 페이지를 할애하고 있지만 정작 대책이 빠져 있다는 것이오. 따라서 이 대책을 먼저 세우지 않고서는 인수해도 많은 문제가 발생할 것 같은데, 정 비서실장은 이를 어찌 생각하오?"

"카를로스 곤과 제가 의논하길 미국 현지 공장에 대형 종합병원을 세워 우리가 자체적으로 운영한다면 의료 부담 비용을 상당 부분 축소할 수 있을 것으로 예상합니다. 하지만 이는 현지 노조의 동의를 얻어야 하는 사항이므로 이를 어떻게 설득할 것인가가 화두로 등장하고 있습니다, 회장님."

"그것이 참으로 애매하군. 인수도 하지 않아 노조와 협상을 벌이는 것이 쉽지만은 않을 텐데 말이오. 더구나 벤츠라는 강력한 경쟁 상대도 등장했고 말이오."

"그래도 우리가 낙관적으로 생각할 수 있는 것은 지금까지 크라이슬러사 측이 우리 부품을 많이 사용해 온 관계로 경영진은 벤츠사보다는 우리에게 우호적일 것이라는 사실입니다."

"흐흠."

그래도 미간의 주름살이 퍼지지 않은 채 깊은 생각에 잠겨 있던 태호가 엉뚱한 제안 한 가지를 내놓았다.

　"보고서를 보면 다임러—벤츠사도 매년 적자를 기록하고 있어 운영에 애를 먹고 있는 모양인데, 차제에 그들까지 인수하면 어떻겠소? 아니면 최소한 크라이슬러사를 공동 인수하면 그들의 실용성과 크라이슬러사의 창의성, 여기에 더하여 우리의 저렴한 부품이 결합되면 큰 시너지 효과가 나지 않을까? 더구나 크라이슬러사는 타 사보다 유럽 쪽 기반이 약하고 반대로 벤츠는 미국의 기반이 약하니 이 또한 시너지 효과가 날 것 같소."

　"저도 회장님의 생각에 동의합니다만, 요는 벤츠사가 이에 응해야 하는데……."

　"일단 그들에게 화두나 던져봅시다. 그러면 뭔 답이 있질 않겠소?"

　"알겠습니다. 그렇게 하는 것으로 하고 내일 출국 준비를 철저히 내놓겠습니다, 회장님."

　"아내도 갈 것이니 그리 알고 준비해 주시되 가급적 수행원은 단출하게 꾸미는 것으로 합시다."

　"네, 회장님."

　곧 정 비서실장이 자리에서 일어났고, 태호는 대문까지 나가 그를 배웅했다.

*   *   *

다음 날.

태호는 오전 9시에 자가용 비행기를 타고 김포공항을 이륙했다. 그런데 뉴욕에 도착하니 같은 날짜인 31일 오전 10시였다. 이는 시차 13시간에 비행시간 14시간이 상계되어 결과적으로는 한 시간의 시차만 생겨난 꼴이었다.

태호는 공항까지 영접 나온 밥 루츠와 카를로스 곤의 환대를 받으며 그들이 제공한 승용차에 올라탔다. 주지하다시피 밥 루츠는 한국 부사장으로 머물다 전격 회장에 선임되어 현 크라이슬러사를 이끌고 있는 사람이었다.

아무튼 줄지어 달리던 차량은 약 1시간 후 맨해튼에 도착했고, 곧 밥 루츠가 차량에서 내리는 것으로 일행 모두가 차에서 내려 고개를 번쩍 치켜들어야 했다. 이들이 도착한 곳이야말로 그 유명한 크라이슬러사 본사 빌딩으로, 한마디로 주변을 압도하면서도 고풍스럽고 럭셔리한 느낌을 주는 명작이었다.

뉴욕의 마천루 중에서도 가장 우아한 이 건물은 맨해튼의 보도 위 총 77층, 319미터 높이로 솟아 있었다. 로비는 호화로운 대리석과 크롬스틸이다. 크라이슬러 빌딩 내부에서 가장 눈에 띄는 스타일 처리를 들자면 은빛 석재를 간 방식이다.

아르데코 양식의 윗부분은 허브 캡, 래디에이터 캡, 그리고 독수리 머리를 한 가고일을 연상시키는 반원형의 크라이슬러 로고가 61층 높이까지 장식하고 있었다. 그 위로는 7층짜리 스테인리스스틸 첨탑이 관능적인 층층의 조각적 형상 위에서 하늘을 찌르고 있었다.

그러나 불행하게도 크라이슬러사는 이 건물 전체를 사용하지 못하고 75층만을 회장 공간으로 사용하고 있어 오늘날 그들이 처한 현실이 어떠한가를 웅변해 주고 있었다.

아무튼 고속 엘리베이터를 타고 75층에 도착한 일행은 곧 회장실에서 대좌하게 되었다. 밥 루츠는 비서실장만 대동한 채였고, 삼원 측은 정 비서실장과 카를로스 곤을 포함하여 세 명이었다.

먼저 입을 연 것은 밥 루츠였다.

"회장님, 70억 달러 인수 의사에 변함이 없으십니까?"

"그렇습니다만?"

"그렇다면 저로서는 삼원이 인수하길 더 바라지만 그렇게 될 수 없게 되었습니다. 솔직히 벤츠 측은 80억 달러를 제시했거든요."

"과연 현 크라이슬러가 그만한 가치가 있을까요?"

"크라이슬러가 현재와 같이 위난에 처한 데는 삼원 측도 분명 일정 부분 귀책사유가 있다고 봅니다. 물론 싼 부품 가격에 계속 삼원의 부품을 사들여 조립한 우리에게 더 큰 책임이 있지만 한국의 속담에 싼 것이 비지떡이라고, 우리 차의 품질이 떨어진다고 소비자들에게 인식되는 계기를 그쪽에서도 원인 제공을 했거든요."

이래서 한쪽 말만 들어서는 전모를 사실 그대로 파악할 수 없다는 것이다. 태호가 읽은 보고서에는 전혀 이런 내용이 기술되어 있지 않았기 때문이다. 그러나 태호로서는 반박하지 않을 수 없어 입을 열었다.

"기술 지도를 해준 것도 그쪽이고 구매한 것도 그쪽인데 어찌 우리를 탓하오. 하여튼 그런 문제에 우리의 책임이 있다면 시급히 보완하겠소. 아시는지 모르겠지만 금번에 우리는 기아와 아시아자동차, 또 쌍용까지 인수하여 부품 업체가 대폭 늘어났소. 따라서 나는 이를 품질을 높이는 호기로 이용하려 하오. 전체 부품 업체 중 품질이 가장 뛰어난 업체에게 전 부품을 몰아줌으로써 품질을 이 기회에 한 단계 더 끌어올릴 생각이오."

"회장님 말씀은 좋지만 요는 가격이 맞지 않으니 양 사의 협상은 여기서 끝내야 할 것 같소이다."

"좋소. 이틀만 여유를 주시오. 내 다임러―벤츠 측과 상의

하여 보다 멋진 작품을 만들어내 볼 테니까. 아니면 우리가 가격을 더 지불할 수도 있는 것이고. 어떻습니까? 이틀은 더 기다려 줄 수 있죠?"

"옛정을 생각해서라도 회장님의 뜻에 따르겠습니다."

"감사합니다, 회장님."

곧 회담을 마친 태호는 카를로스 곤에게 이곳에 파견된 벤츠 측의 최고 수뇌를 만날 수 있게 해달라는 지시를 내렸다.

제10장
큰 거래 I

이날 오후.

태호는 쓰리 윈 회장실에서 정 비서실장과 독대를 하고 있었다. 독대를 청한 사람답게 먼저 입을 연 것은 정 비서실장이었다.

"회장님, 밥 루츠의 말은 거짓말이었습니다. 우리의 정보원들이 크라이슬러사와 다임러–벤츠의 대화 내용을 도청해 알아낸 결과 벤츠 측도 크라이슬러사 인수에 우리와 같은 70억 달러를 제시했다는 겁니다."

"허허, 기가 막힌 일이군. 밥 루츠가 그런 거짓말까지 하며 경쟁을 부추길 줄은 몰랐군."

"어쨌거나 그도 경영자이니 한 푼이라도 더 잇속을 챙기려는 것이겠죠."

"그야 당연한 일이고. 정보원들의 활약 덕분에 속지 않게 되어 다행이오. 그 정보원들에게 감사 표시라도 하도록 하세요."

"네, 회장님."

"그나저나 올 때가 되지 않았소?"

같이 시계를 본 정 비서실장이 자리에서 일어나며 말했다.

"올 때가 됐군요. 확인해 보도록 하겠습니다."

"그러세요."

태호의 말이 끝나고 채 정 비서실장이 회장실을 벗어나기도 전에 노크와 함께 들어서는 일단의 인물들이 있었다. 카를로스 곤의 안내로 들어선 사람은 사십 대 초반의 안경을 쓴 깐깐하게 생긴 인물과 그를 보좌하는 보좌진으로 보이는 세 명의 수행원이었다.

가까이 다가온 카를로스 곤이 태호에게 일행을 소개했다.

"회장님, 다임러─벤츠 부회장인 디터 제체(Dieter Zetsche)와 그 보좌관들입니다."

이에 태호가 자리에서 벌떡 일어나 손을 내밀며 말했다.

"반갑소. 나 삼원그룹의 김태호라 합니다."

"디터 제체입니다."

곧 힘찬 악수를 나눈 두 사람은 테이블을 가운데 두고 양 편으로 나누어 앉았다.

여기서 디테 제체를 간략히 소개하면 그는 1953년 터키 이 스탄불에서 태어나 세 살 때 독일 이민 후 1976년부터 다임 러-벤츠사의 연구계발과에 몸담은 이래 빠른 승진을 해 오 늘에 이른 인물이다.

잠시 상대를 살피던 태호가 먼저 말문을 열었다.

"우리 터놓고 한번 이야기해 봅시다. 서로 숨김없이 말이오."

이렇게 말문을 연 태호가 계속해서 말했다.

"그쪽도 우리같이 크라이슬러 인수에 70억 달러를 부른 것 으로 알고 있소. 그런데 만약 여기서 만약 양 사가 인수를 위해 경쟁을 한다면 어떻게 될까요? 분명히 가격이 뛸 것이 고, 양 사 모두 이를 원하지는 않을 것 아니오?"

"그야 그렇지요."

제체의 대답에 고개를 끄덕인 태호가 계속해서 대화의 주 도권을 잡아나갔다.

"그래서 말이오만, 우리 공동으로 인수하는 것은 어떻겠습 니까? 우리가 파악하기로는 요즘 그쪽도 매해 적자가 나서 사정이 어려운 것으로 아는데, 그쪽이 한 40%의 자금을 대 고 우리가 60%의 인수 자금을 대서 그쪽이 원하는 북미 시 장 진출을 원활하게 하고, 또 가능하면 우리의 싼 부품과 그쪽의 기술력을 결합하여 공동으로 세계시장에 진출하는 방안도 강구해 보는 것이."

"말씀 중에 어폐가 있군요. 공동으로 인수하자면서 6 대 4로 나누는 것은 말과도 맞지 않는 것 아닙니까?"

"하면 50 대 50으로 동등하게 인수 자금도 대고 합작 경영을 하자는 것이오?"

"최소한의 요구 사항이지요. 귀 측이 조금 덜 투자하는 것도 우리로서는 환영할 만한 일이죠."

"하하하! 좋습니다."

여기서 말을 끊고 상대를 살피던 태호가 기습 공격을 가했다.

"혹시 다임러—벤츠사를 우리에게 매각할 의사는 없습니까?"

"지금 무슨 말씀을 하시는 겁니까? 우리가 지금은 조금 적자를 내고 있지만 금방 흑자로 전환될 것이고, 만약 우리가 정말 어렵다면 어떻게 크라이슬러사 인수전에 뛰어들 수 있겠습니까?"

"일리 있는 말이오. 그렇다면 양 사의 주식을 공유하는 것은 어떻습니까? 경영권에 지장을 받지 않는 범위 내에서. 그리고 서로 승자가 되는 방법으로, 우리에게 당신들이 기술지도를 해 값싼 부품을 귀 측 차량에 장착한다면 서로 경쟁력이 생기지 않을까요?"

"공동 인수 제안도 그런 시너지 효과를 노리는 연장선상에서 말하는 것 같은데, 한번 음미해 볼 만한 제안인 것 같습니다. 그렇지만 1 대 1 주식 교환은 무리가 있는 제안 아닐까요? 귀 사와 우리의 주식 가치가 현재로서는 매우 차이가 나니까요."

"하하하! 물론 일리 있는 말씀입니다만 조만간 한번 두고 보십시오. 전 세계 자동차 시장의 판도가 어떻게 변하는지."

"흰소리는 이루고 나서 하시고, 2 대 1 주식 교환이라면 한번 본사에 그 의사를 타진해 볼 의향도 있습니다. 제가 명색이 부회장이긴 하지만 독단할 수는 없으니 그 점은 양해하시기 바랍니다."

"흐흠!"

만만치 않은 상대를 만나 자연스럽게 침음성이 뱉어지는 것을 금할 수 없던 태호가 다시 입을 열었다.

"좋습니다. 우선 50 대 50의 지분으로 공동 인수해 합작 경영을 하는 것으로 하고, 양 사의 주식 맞교환은 나도 현실을 인정해 1.5 대 1까지는 허용하겠습니다. 그 비율은 경영권을 방어하는 데 무리가 없는 최대 30%까지 하기로 하고요."

"회장님의 뜻이 무엇인지 잘 알겠습니다. 일단 지금까지의 대화 내용을 보고해 본사의 지침이 내려오는 대로 다시 한번 자리를 마련하죠. 오늘 대담은 매우 유익했습니다."

"그렇게 하도록 합시다."

태호 또한 자리에서 일어나 제체의 손을 다시 한번 맞잡는 것으로 양자 회동은 뚜렷한 결론 없이 끝났다.

그로부터 이틀 뒤.

다임러—벤츠사의 제체 부회장의 제의로 태호는 일단의 수행원들을 이끌고 그들이 제시한 한 호텔방에서 그들과 마주 앉았다.

회동을 제안한 자답게 먼저 말문을 연 사람은 제체 부회장이었다.

"본사 회신 내용을 알려 드리겠습니다. 본사에서도 양측의 공동 인수와 합작 경영에는 환영의 의사를 표시했습니다. 그러나 1.5 대 1 비율의 주식 교환은 시장 가치가 제대로 반영 안 된 제안이라고 부정적인 의사를 전해왔습니다."

"그렇다면 주식 맞교환 의사는 있는데 주식 교환 비율이 문제란 말이오?"

"그렇습니다. 1.8 대 1이면 한번 논의해 볼 여지가 있다는 것이 본사 측 의사 결정이었습니다."

"흐흠! 이게 후발 주자의 비애로군. 당신들이 우리와 주식을 나누고 기술 공여를 해준다면 우리의 기술력이 일취월장하여 중, 소형차 부분에서는 우리가 싼 가격으로 인해 세계 시장에서 강자로 급부상할 수도 있을 텐데 말이오. 하지만 1.8 대 1의 주식 교환은 자존심이 상해서라도 내가 동의할 수 없소. 기술력 뛰어난 업체가 벤츠사만이 아닌 까닭이오."

태호의 말에 굳은 표정으로 제체가 억지 미소를 띠고 말했다.

"1.7 대 1까지는 논의해 볼 여지가 있습니다, 회장님."

그의 제안에 이번에는 태호가 굳은 표정으로 답했다.

"이제 그 문제는 그만 거론합시다. 1.5 대 1이라도 이젠 내가 안 하겠소. 내 솔직히 이야기하면 귀 측이 아니더라도 내 후년이면 공짜로 기술 공여를 받을 곳이 있소. 그러나 지금 내 마음이 좀 급해 그런 제안을 한 것이니 잊어주시면 감사하겠소이다."

이렇게 되니 회담 분위기가 얼어붙어 공동 인수에 관한 자세한 협상도 다음 날로 미루고 오늘의 회동은 파장을 맞았다.

다음 날.

쓰리 원 회장실에서 마주 앉은 양측 대표들은 다음과 같은 사항을 결정했다.

첫째, 양측은 공히 40억 달러를 출자해 크라이슬러사를 공동 인수 하고 나머지 금액은 운영자금으로 사용하기로 한다.

둘째, 직원들의 의료비 문제가 삼원 측의 제안으로 제기되어 그 해결 방안의 하나로 크라이슬러사의 본사 및 공장이 있는 디트로이트 시에 대형 종합병원을 운영하여 의료비 지출을 대폭 낮추기로 한다.

셋째, 양 사 동수로 이사진을 구성하되 회장은 독일 측이 먼저 2년을 맡아 경영하고, 2년 후에는 삼원 측이 회장을 맡아 경영하기로 한다.

위와 같은 합의 내용을 가지고 두 그룹이 크라이슬러사의 인수전에 뛰어들어 최종 60억 달러에 크라이슬러사를 인수해 20억 달러에 이르는 운영 자금을 확보했다.

그리고 회장은 태호의 강력한 주장으로 인해 협상 상대인 디터 제체가 내정되어 2년간 경영을 맡게 되었다. 또 대형 종합병원 역시 제체가 알아서 추진하기로 뜻을 모았다. 의료비 삭감에 관한 노조의 동의 역시 제체의 손으로 넘어간 사안이 되었다.

어찌 되었든 태호의 제체 회장 선택은 결과론적으로 탁월한 선택이 되었다. 그가 크라이슬러 회장에 부임한 2년 동안 연간 10억 달러의 적자에 허덕이던 기업을 불과 2년 만에 흑자로 전환시켜 훗날 카를로스 곤과 함께 '기업 회생 전문가'로 명성을 드날렸으니까 말이다.

아무튼 협상을 끝낸 태호는 이튿날 곧바로 워싱턴으로 날아가 모종의 건에 대한 감사의 뜻을 전하고 다음 날은 곧장 귀국길에 올랐다. 그러나 태호가 향한 곳은 한국이 아닌 중국이었다. 이 중국행에는 특별히 해리 스톤사이퍼 항공 회장이 동승하고 있었다.

태호가 북경공항에 모습을 드러내자 설천량 전자사장과 북경지사장은 물론 중국 측에서도 한 인물이 영접을 나와 있었다. 곧 장쩌민(江澤民) 현 주석의 오른팔로 불리는 쩡칭훙(曾慶紅) 중앙판공청 주임이었다.

중국공산당 중앙판공청(中央辦公廳)은 중국공산당 중앙위원회 직속의 사무 기관으로, 과거에는 중앙비서청으로 불렸다. 말하자면 한국의 대통령 비서실장과 같은 역할을 하는 사람이 쩡칭훙 주임이었다.

그런데 문제는 쩡칭훙이 제갈량에 비유될 만큼의 지모를 갖춘 비서실장 이상의 실력자라는 것이다. 훗날의 일이지만 공산당 당적이 박탈된 보시라이(薄熙來) 전 충칭시 당서기는 후진타오(胡錦濤) 전임 공산당 총서기를 '한헌제', 시진핑(習近平) 신임 총서기를 '유아두'에 비유한 적이 있다.

후진타오가 승상 '조조'에 휘둘리는 후한(後漢)의 헌제 유협이고, 시진핑이 승상 '제갈량'의 훈계를 듣는 촉한(蜀漢)의 후주 유선(아두)이라는 풍자였다. 후진타오를 한헌제, 시진핑을 유아두로 만든 현대판 승상이 쩡칭훙이라는 것이다.

중국에서 '조조'와 '제갈량'의 지모에 비유되는 쩡칭훙이 두각을 나타낸 것은 1989년 장쩌민과 함께 베이징으로 상경하면서이다. 당시 덩샤오핑이 지명한 후야오방, 자오쯔양 등 전임 총서기는 각각 실각 후 화병으로 죽고 가택에 연금된 상태였다.

천안문사태 진압을 주도한 리펑(李鵬) 총리는 기세가 등등했다. 장쩌민의 부인 왕예핑(王冶坪) 여사는 눈물을 떨구며 베이징 행을 만류했다고 한다. 이에 장쩌민은 덩샤오핑 등 원로에게 상하이에서 한 명을 데리고 갈 수 있게 해달라고 간청했다.

당시 장쩌민의 왼팔과 오른팔은 '상하이화(上海話)'로 대화가 가능한 우방궈(吳邦國)와 황쥐(黃菊)였다. 표준어인 보통화와 완전히 다른 상하이화 사용 여부는 '성골 상하이방'을 가르는 기준이다. 하지만 장쩌민은 상하이 말을 못하는 것으로 알려진 쩡칭훙을 뽑아 베이징 중남해(中南海)로 데려갔다.

그만큼 그의 지모에 기대는 바가 컸고, 그를 아끼기 때문에 그를 중앙판공청 주임에 임명하고 오늘날까지 운명을 함께하고 있는 것이다. 아무튼 이런 실질적인 거물을 장쩌민이 공항에 직접 내보낼 정도로 이번 태호의 방문은 중대성이 있었다.

그것은 약 2년 전으로 거슬러 올라간다. 95년 11월 14일, 한국에서 열린 김영삼 대통령과 장쩌민 주석과의 한중 정상회담에서 합의한 내용 중 현재 가동 중인 한중 산업협력위원회를 중심으로 자동차, 중형항공기, 고화질 TV, 원자력, 전전자교환기 등 5개 분야 산업 협력 강화를 통해 양국 경제 협력을 보다 확대, 강화한다는 내용이 포함되어 있었다.

이 중에서 중형항공기 협력 사업은 양국이 공동투자 하여 중소형 항공기를 개발, 양국의 수요를 감당하고 해외 판로를 개척한다는 것이 주 내용이었다. 그러나 이 사업 및 자동차, 전자사업 추진 업체로 선정된 삼원그룹은 지금까지 어쩔 수 없이 위의 세 사업에 전혀 속도를 내지 못하고 있었다.

그 이유는 한마디로 미국의 간섭 때문이었다. 중국상용항공기(COMAC, 코맥)사와 한국의 삼원 측은 50 대 50 공동 합작 투자로 중소형 여객기를 중국에서 자체 생산키로 했는데, 태호는 이의 개발에 더글러스사의 D−9을 염두에 두고 이런 계획을 세운 것이다.

그러나 이 계획은 미국의 간섭에 의해 처음부터 암초에 부딪치고 말았다. 클린턴을 중심으로 하는 행정부에서 그런 기술을 중국으로 이전할 수 없다고 강경하게 나온 것이다.

이렇게 되니 북경 부근에 지으려던 자동차 공장과 상해에 지으려던 전자 공장도 동시에 발이 묶여 지금까지 표류하고 있던 것을 2년간의 끈질긴 요구로 얼마 전 이 문제가 풀렸다.

즉, 해외로 양 사가 합작 생산 한 여객기를 수출하려면 미국 연방항공청(FAA)과 유럽 항공당국의 사전 승인을 별도로 받아야 한다는 조항을 달아 합작 생산을 하도록 용인한 것이다.

이렇게 되기까지는 삼원 측의 끈질긴 노력도 있었지만 중국 측의 선물 보따리 또한 크게 기여한 것도 사실이다. 태호가 운영하고 있는 더글러스사에 신형 D−11 140대를 선 주문하는 호의를 보임으로써 클린턴의 마음을 녹인 것이다.

주인은 비록 한국인이지만 공장이 미국에 있는 한 140대의 항공기 제작은 미국인에게 모두 이익이 돌아가는 일이므로 비록 조건부지만 클린턴이 이번에 흔쾌히(?) 합작 생산을 허용한 것이다.

아무튼 이런 우여곡절 끝에 태호의 중국 방문이 전격적으로 성사되어 오늘 쩡칭홍의 파격 영접까지 받게 된 것이다.

태호는 곧 중국 측이 제공한 양국 국기가 펄럭이는 승용차를 타고 공항을 떠났다. 그리고 일행이 도착한 곳은 중앙판공청이 있는 중남해였다. 그곳 주임실에서 잠시 차를 마시며 환담을 나눈 두 사람은 그의 안내로 자리를 옮겼다.

곧 인민대회당 초대청으로 태호가 일단의 수행원을 이끌고 도착하니 안경 낀 모습의 강택민이 문 입구에서 기다리고 있다 환대했다.

"어서 오시오, 김 회장."

강택민이 상해시장 및 서기 시절부터 안면을 튼 이래로 오늘이 네 번째 만남이라 두 사람은 상당히 친밀해져 있었다.

"오래간만에 뵙습니다, 주석님."

"그러게 말이오. 금방 만날 수 있을 줄 알았더니 벌써 2년이 흐른 것 같군요. 자, 안으로 들어가실까요."

"감사합니다."

곧 태호는 강택민의 안내로 초대청 안으로 들어가 그가 권하는 자리에 앉았다. 그러자 강택민이 증경홍(쩡칭홍) 판공청 주임 외에 두 사람의 배석자를 더 소개했다. 곧 유화추(劉華秋) 국무원 외변주임과 전증패(田增佩) 외교부 부부장 등이 그 사람들이다.

이에 태호도 더글러스그루먼 사장 해리 스톤사이퍼, 전자 사장 설천량, 자동차 사장 카를로스 곤과 정 비서실장을 차례로 소개했다. 물론 양측에 각각 통역 1명이 추가로 배석했다.

"자, 우선 가장 중요한 사업 이야기부터 하고 함께 식사를 하실까요?"

"네, 주석님."

일단 답한 태호가 계속해서 말했다.

"우리가 원하는 곳에 공장을 세울 수 있게 지원해 주신 주석님께 일단 감사의 인사부터 드립니다. 비록 애초의 계획보다는 출범이 늦었지만 늦었을 때가 가장 빠른 때라고, 지금부터 속도전을 전개해 항공기나 여타 자동차 및 전자제품에 이르기까지 시제품이 빨리 나올 수 있도록 최선을 다하겠습니다."

"고마운 일이오. 김 회장이 그런 열정을 가지고 일을 추진한다면 머지않아 시제품이 쏟아져 나올 것을 믿어 의심치 않습니다. 그런데 문제는 여객기의 라이센스 생산(license: 면허 생산)이 500대 이상의 항공기가 출고되고 난 다음부터 아니오?"

"그렇습니다."

"그게 너무 대수가 많다는 이야기죠. 300대 출고 후 면허 생산에 돌입하면 안 되겠소?"

"대륙을 호령하는 주석님답지 않게 뭔 걱정을 그리 하십니까? 중국이 이 상태로 꾸준히 발전한다면 중소형 항공기의 수요는 무궁무진하다고 저는 생각합니다. 따라서 그에 비하면 500대 정도는 티끌에 비유할 수 있죠. 문제는 면허 생산을 한다 해도 자체 부품 조달 능력이라 생각합니다. 그 안에 우수한 품질의 수만 개 부품을 생산해 내는 데 주력한다면 중국도 훗날에는 반드시 항공기 선진국이 되지 않을까 생각합니다."

"허허, 이거 원 참. 혹 떼려다 혹 하나 더 붙인 느낌이지만, 김 회장이 정 그렇다면 어쩔 수 없는 일이죠. 하지만 전자 공장만은 그 품목 수를 꼭 늘려주었으면 좋겠소. 이를테면 기존 고화질 TV와 냉장고, 세탁기 외에 VCR이라든가, 전자레인지, 오디오 등 다양한 품목이 있지 않겠소?"

"네, 그 문제는 주석님의 뜻대로 기존 합의한 품목 외에도 최대한 늘려보도록 하겠습니다."

"고맙소. 내가 하고 싶은 이야기는 여기까지이고, 김 회장이 하고 싶은 말이 있으면 하시오."

"주석님, 북경기차(北京汽車)와 우리가 합작 생산 하는 승용차를 일정 부분 관용 차량으로 구매해 주실 수 없습니까? 이는 미국 정부에서 따니(딴지)를 거는 바람에 우리가 후발 주자가 된 관계로 이를 만회하고자 하는 조치입니다. 단 10%라도 좋습니다, 주석님."

"김 회장의 입에서 정말 그런 어려운 문제가 나오리라고는 전혀 예상치 못했소. 흐흠!"

침음하며 생각에 잠긴 그가 별 묘수가 생각나지 않는지 증경홍에게 시선을 돌렸다. 그러자 현대판 제갈량이라는 증경홍이 답했다.

"김 회장의 뜻은 관에서도 북경―삼원자동차를 사주면 그만큼 인민들의 신뢰성 재고에 큰 힘이 될 것이라는 판단으로 그런 요구를 하고 있는 것 같습니다. 따라서 10%는 무리이고 5% 정도만 해줘도 큰 도움이 될 것으로 사료되어집니다, 주석님."

"좋소. 5% 선에서 사주되 그것도 북경시에 한해서요. 왜냐하면 우리나라 단독 생산 업체도 있는데 그들마저도 이런 혜택을 준 일이 없소. 그런데도 내 딴에는 김 회장 측에 이런 시혜를 베푸는 것은 우리가 오랜 친구이기 때문이오. 내 말 무슨 말인지 알아듣죠?"

"감사합니다, 주석님. 정말 기쁜 마음으로 받겠습니다."

"하하하! 좋소! 더 할 이야기 없으면 우리 식사나 하러 갑시다."

"네, 주석님!"

태호의 입에서 또 무슨 요구가 나올지 두려운지 강 주석은 서둘러 자리를 파하려 했다. 그런 그를 더 붙잡는 것도 예의에 어긋나는 일인지라 태호 또한 어쩔 수 없이 동의하고 그의 뜻에 따르기로 했다.

회담 시간을 포함해 약 한 시간의 식사 시간이 끝나자 태호는 강 주석과 작별을 하고 중국 측이 제공한 차량을 계속 이용해 북경에서 과히 멀지 않은 바닷가로 이동했다.

이 과정에서 태호는 강 주석의 특별 양해를 얻어 증경홍과 동행하고 있었다. 가는 차 내에서 증경홍이 말했다.

"우리의 사업이 미국 놈들의 훼방으로 2년 늦은 것과 같이 미국 놈들은 결코 우리의 발전을 달가워하지 않을 것이오. 그러나 우리는 위대한 인민의 힘을 믿고 있소. 가난에서 벗어나려는 인민 각자 구성원들의 노력이 큰 힘이라오. 따라서 우리는 반드시 굴기(屈起)해 우리의 저력을 만방에 보여줄 참이오."

"나 또한 그렇게 될 것을 믿습니다. 그렇지만 친구로서 하나 충고하고 싶은 것은 비록 그렇게 되더라도 어려웠을 때를 생각하고 진정 패권(覇權)을 추구하지 않기를 진심으로 바랍니다."

"친구의 선의의 충고 잊지 않겠소."

둘이 이렇게 이런저런 이야기를 나누다 보니 일행은 어느덧 한적한 부두에 도착해 있었다. 당산항(唐山港)이었다. 당산시와 멀지 않은 이곳은 아직 개발이 덜 되어 어촌처럼 한가로웠지만, 곧 조성된 나대지에는 연간 50만 대의 자동차를 생산할 공장이 들어설 것이다.

태호가 이곳을 부지로 선정한 이유는 한국 및 필요에 의하면 미국에서도 부품을 들여와야 하기 때문에 항구를 끼고 있는 것이 여러모로 경비를 아낄 수 있다는 판단 하에 부지 공급을 요청한 것이다.

아무튼 태호가 승용차에서 내리니 채신청(蔡信晴) 북경기차유한공사(北京汽車有限公司) 총경리(總經理: 사장) 일행이 미리 연락을 받고 대기하고 있었다. 이에 태호가 악수를 청하며 인사를 나누었다.

"반갑습니다."

"약속을 지켜주셔서 고맙습니다."

"자, 한 바퀴 돌아볼까요?"

"네, 회장님."

곧 다시 차에 오른 세 사람(증경홍 포함)은 아스팔트 포장도로를 따라 조성된 나대지를 둘러보기 시작했다. 바닷가를 일부 메워 조성된 지 제법 오래되었는지 나대지에는 소금 성분에 강한 이름 모를 해초들이 사람 허리춤에 찰 만큼 무성하게 자라 있었다.

이를 보고 채신청이 말했다.

"저 꼴만 보면 한숨이 나오던 일이 이제는 없게 되어 다행입니다."

"하하하! 동감입니다."

크게 웃을 일도 아니었지만 태호는 그의 기분을 풀어주기라도 하려는 듯 밝게 웃으며 대화를 이어나갔다.

"늦은 만큼 속도전을 전개해 빨리 시제품이 나올 수 있도록 합시다. 여기 계신 판공청 주임님의 덕택으로 주석님께서도 북경 관할 관공서에 필요로 하는 차량 5%를 구매해 주신다고 하셨습니다. 따라서 그 은혜에 보답하기 위해서라도 시제품을 빨리 낼 필요가 있으니 더욱 속도를 내도록 합시다."

"물론입니다, 회장님."

이렇게 약 30분에 걸쳐 공장 부지를 둘러본 태호는 형식적이나마 양측 합의 사항을 다시 한번 확인했다. 양 사는 중국 원화 기준 2,050위엔(元), 즉 한화로 3,500억 원을 양 사 각각 50%씩 나누어 투자하여 이곳 당산에서 연산 50만 대 규모의 중소형차를 생산하도록 하는 내용의 계약서를 재확인하고 태호는 곧 두 사람과 작별을 고했다.

증경홍, 채신청과 작별 인사를 나눈 태호는 곧 일행을 이끌고 승용차 편으로 천진으로 향했다. 천진 교외에 중국상용항공기(COMAC·코맥)와 합작 생산할 부지가 이미 조성되어 있었기 때문이다.

아무튼 일행이 근 두 시간을 달려 천진 교외에 도착하니 사전에 연락을 받은 코맥 총경리 김장룡(金壯龍)이 일행을 이끌고 마중을 나와 있었다. 곧 두 사람은 악수를 나누고 공장 용지를 돌아보기 시작했다.

4km에 이르는 항공기 테스트용 활주로를 시작으로 구획별로 나누어져 있는 나대지를 시찰하는 가운데 옆에 앉은 김장룡 총경리가 말했다.

"우리가 여객기를 생산만 하고 판로가 없으면 안 되지 않겠습니까?"

"물론이죠."

"그래서 저는 이미 발 빠르게 움직여 총 41대의 기체에 대한 선주문을 받아놓았습니다."

"우와, 대단하시네요!"

정말 발 빠른 진장룽(金壯龍)의 행보에 놀란 태호가 칭찬을 아끼지 않자, 그가 씨익 웃으며 주문 받은 회사와 그 대수를 나열하기 시작했다.

"상하이항공 5대, 심천항공 10대, 심천금융리스(Financial Leasing) 20대, 샤먼항공 6대 등 총 41대입니다."

"하하하! 정말 잘하셨습니다."

다시 한번 칭찬으로 격려를 아끼지 않은 태호는 좋은 기분으로 나대지를 한 바퀴 돌아보고, 곧 간이 건물로 들어서서

이 역시 다시 한번 계약 내용을 점검했다.

양 사는 각각 10억 달러, 즉 총자본금 20억 달러를 50 대 50으로 공동 출자하여 50인에서 최대 170인용 항공기를 제작, 생산하되 우선 중국 시장에 판매하기로 한 내용의 계약서를 재확인하고 조기 자본 투자를 통하여 공장 건설에 매진할 것을 다짐했다.

곧 그와 작별한 태호는 곧장 천진공항으로 이동하여 그곳에 대기하고 있는 자신의 자가용 비행기를 타고 곧장 상해로 날아갔다. 태호 일행이 상해에 내리니 벌써 활주로에는 어둠이 짙게 내려앉아 있었다.

곧 일행은 상해 지사장이 가지고 나온 승용차 편을 이용하여 푸동지구에 건설해 놓은 삼원호텔로 이동했다. 상해가 발전함에 따라 추가로 지어 이제는 55층의 쌍둥이 군을 이룬 호텔에 도착하자 밤임을 증명하듯 불빛 휘황한 가운데 지배인 이하 호텔 간부들이 도열해 일행을 기다리고 있었다.

"안녕하십니까, 회장님?"

"어서 오십시오, 회장님, 부회장님!"

태호가 부회장이라는 칭호에 놀라 바라보니 모두 효주에게도 공손히 인사를 하고 있는 것이 아닌가.

"잘 지내셨어요?"

"네, 부회장님."

그들의 대담에서 확실해졌다. 효주가 회장의 부인쯤 되니 부회장으로 미리 짐작하고 하는 인사에 태호가 껄껄 웃으며 아내에게 농담을 던졌다.

"당신, 승진해서 좋겠소이다."

"그러니까 나도 얼른 한 자리 주세요."

"정말?"

"네."

이에 태호가 웃으며 그녀의 귀에다 대고 속삭였다.

"오늘 밤 하는 것 봐서."

"뭐라고요?"

때 아닌 고성이 튀어나왔지만 그녀의 얼굴은 살짝 붉어져 있었다.

그런 그녀를 향해 태호는 또 짓궂은 언사를 구사했다.

"오늘 밤은 더 훌륭한 밤이 되길 기대하오."

"됐거든요!"

지나치면 모자람만 못하다고, 태호의 농담에 그녀가 걸음을 빨리 하자 태호로서는 멍하니 닭 쫓던 개 지붕 쳐다보는 격으로 그녀를 한동안 바라보다 이럴 때가 아니라는 생각에 걸음을 잽싸게 놀렸다.

곧 그녀를 따라잡은 태호가 의미심장한 미소를 지으며 말했다.

"승진 여부가 당신 하기에 달렸다는 것을 명심하시오."

"쳇! 알았으니 어서 식당이나 가요. 정말 배고프네요."

"좋소! 원하는 음식이 뭐요?"

"중국에 왔으니 우리 중국 음식으로 먹어보죠."

"그럽시다."

그녀의 이 말 한마디에 곤욕을 치른 사람이 있었다. 더글
러스그루먼 회장 해리 스톤사이퍼였다. 효주가 주문한 음식
이 그 맵기로 유명한 사천 요리 중심이었기 때문이다.

*   *   *

다음 날 아침.

태호가 막 아침 식사를 끝내고 양치질을 하고 나오니 정 비
서실장이 룸 안에 들어와 있었다. 물론 효주가 그임을 알고
문을 열어준 것이다.

아무튼 그의 출현에 효주가 교대하듯 약간은 상기된 얼굴
로 욕실로 뛰어든 가운데 태호가 테이블 의자에 앉자 정 비서
실장이 선 채 보고했다.

"심천항공 사장이 면담을 요청해 왔는데, 항공사 설립 건에
대해 논의드리고 싶다는 의향을 전해왔습니다, 회장님."

"항공사 설립이라니요?"

"저도 그 부분이 의아해 물었더니 섬서성 서안을 중심으로 한 자국 노선의 운항권을 따내 함께 경영하자는 제안이었습니다."

"요는 우리가 가진 중앙 정계의 친분을 이용하자는 말 아니오?"

"심천항공이나 그들과는 어떤 상관관계가 있는지 몰라도 심천금융리스가 총 30대의 선주문을 했다는 코맥 김 사장의 말을 들을 때부터 무언가 이상하다는 생각을 했지만 그런 꿍꿍이가 있는 줄은 몰랐습니다."

"흐흠……."

잠시 생각하던 태호가 말했다.

"우리로서는 손해 볼 것이 없으니 일단 그의 제안이나 한번 들어봅시다."

"곧 들이겠습니다, 회장님."

"그러세요."

태호의 답이 있고 난 5분 후.

단구에 뚱뚱한 사십 대 후반의 사내가 정 비서실장의 안내로 룸 안으로 들어섰다.

"뵙게 되어 영광입니다, 회장님."

들어오자마자 넙죽 고개를 조아리며 얼굴도 들지 못한 채 두 손을 내미는 그를 보고 태호에게 가볍게 손을 잡으며 물었다.

"김태호라 합니다. 이름이 어떻게 되시는지요?"

"이곤붕(李鯤鵬)이라 하옵니다."

"곤붕(鯤鵬)? 어디서 말이 들어보았는데?"

"장자(莊子)가 소요편(逍遙篇)에서 말한 큰 물고기와 큰 새라는 의미로, 더할 수 없이 큰 것의 비유하는 말인가 합니다, 회장님."

"그렇군요. 이름만큼이나 포부도 웅대한가 봅니다."

"곤붕이 한번 날면 끝없는 허공에 의기양양하고, 준마는 한번 달리면 만 리에 빛을 좇는다. 그러나 아직은 강이 있음을 면치 못하는 신세가 아닌가 합니다, 회장님."

"흐흠! 그 정도의 성취로는 만족 못 하시겠다는 말씀인데… 차근차근 한 발 한 발 자신의 앞부터 다지는 것이 성취의 지름길 아닐까요?"

"회장님의 가르침, 명심하겠습니다."

다른 사람과 달리 이상하리만큼 저자세의 심천항공 사장 이곤붕을 본 후 태호는 썩 기분이 편치 않았다. 그래도 사업은 사업이라 생각하고 그에게 물었다.

"이 사장님의 계획을 한번 들어볼까요?"

"규모로 보면 우리나라 손꼽히는 대도인 서안을 허브공항으로 하는 항공사가 아직은 없습니다. 그래서 만약 그곳에 기반을 둔 항공사의 운항권을 따낸다면 이웃인 태안이나 정주, 멀리는 호남 의창이나 산동까지 수많은 승객을 확보해 큰 항공사로 키울 자신이 있습니다, 회장님."

"흐흠……!"

"10년 안에 100대의 항공기가 필요할지도 모르겠습니다, 회장님."

말끝마다 회장님, 회장님 소리를 연발하며 사탕발림 같은 그의 말에 태호는 크게 회가 동하는 것을 느꼈다. 그래도 그는 외적으로는 큰 동요를 보이지 않고 물었다.

"정말 그렇게 자신 있소?"

"93년 처음 3대로 심천항공을 출발시켰지만 5년 만에 60대의 항공기로 사세를 키워냈습니다. 따라서 서안에 기반을 둔 항공사 역시 10년 안에 100대의 항공기로 키울 수 있다는 것을 자신하는 것입니다."

"좋소. 우선은 운항권을 따내는 것이 가장 중요하니 이것이 실현되고 나서 추후 문제는 논의합시다."

"네, 회장님."

곧 그를 내보낸 태호는 즉시 중앙판공청으로 전화를 걸었다. 그러나 아직 시간이 이른 관계로 쩡칭홍이 출근하지 않았다는 말을 듣고 전화를 끊을 수밖에 없었다.

그리고 30분 후.

이번에는 주임실로 바로 연결되었다.

"김태호입니다, 주임님."

─오, 그래? 무슨 일 있소?

"긴한 일로 저희 호텔에서 뵙고 싶습니다. 원하신다면 제 비행기라도 보내드리겠습니다."

─아니오. 김 회장이 부르니 내 바로 북경공항으로 가서 타고 가는 방향으로 하겠소.

"공항으로 모시러 나가겠습니다, 주임님."

─고맙소.

그로부터 3시간 30분 후.

태호는 VIP룸에서 쩡칭홍과 대좌할 수 있었다. 느긋하게 차 한 잔을 마신 그가 태호에게 물었다.

"그래, 무슨 일이오?"

"서안을 중심으로 한 항공사가 없다면서요?"

"그것까지는 자세히 모르겠소. 그런데?"

"만약 없다면 서안을 허브공항으로 사용하는 운항권을 하나 개설해 주시면 안 되겠습니까?"

"흐흠! 서안을 거점 공항으로 하는 항공사라?"

잠시 생각하던 그가 다시 입을 떼었다.

"일단 한번 알아보고, 만약 그렇다면 내 주석님께 건의드려 보겠소."

"감사합니다, 주임님. 약소하지만 노자로 보태 쓰십시오."

말과 함께 태호는 달러 뭉치가 잔뜩 든 007 가방 하나를 그 앞으로 내밀었다. 놀란 쩡칭훙이 물었다.

"이게 뭐요?"

곁에 서 있는 정 비서실장에게 태호가 눈짓하고 말했다.

"별것 아닙니다. 많은 부하와 간부들을 휘하에 거느리고 계시면 때로는 남모를 비자금도 필요하실 것 같아 적절한 데 쓰시라고 거마비를 조금 챙겨보았습니다."

태호가 말을 하는 사이 정 실장이 가방을 열어 가방에 꽉 들이찬 백 달러짜리 지폐 뭉치를 보여주었다.

"허허, 이러면 안 되는데……."

말은 그렇게 하지만 쩡칭호의 입은 이미 귀에 걸려 있었다. 그러나 태호로서는 보안을 염려하지 않을 수 없었다. 그래서 태호는 한 꾀를 생각해 냈다.

"북경 삼원호텔 내에 주임님의 이름으로 방 하나를 예약해 놓겠습니다. 그리고 그 방은 주임님이 들르실 때까지 예약 상태일 것이니 언제라도 편리할 때 들르시면 되겠습니다."

"허허, 그렇게까지 배려를 해주시면 나야 아주 좋죠."

이렇게 되어 운항권 해결은 저들의 손으로 넘어갔다. 아무튼 이러고 나니 때가 때인지라 태호는 쩡칭훙과 점심 식사를 함께했다. 그리고 나서 태호는 그가 북경으로 돌아갈 줄 알았다.

그러나 달러 뭉치를 보아서인지 그는 태호가 시찰하려는 푸동지구의 전자 합작 공장 예정 부지를 함께 돌아보겠다고 자청했다. 딴에는 도울 일을 찾는 모양새였다.

아무튼 이렇게 되어 쩡칭홍까지 일행이 되어 일행은 머지않은 곳에 위치한 전자 합작 공장 부지를 향해 호텔을 나섰다. 그리고 20분 후, 이들이 그 나대지에 도착하니 오후로 약속이 미루어진 전자 합작 공장 사장이 일행을 기다리고 있었다.

별로 크지 않은 키에 안경을 낀 삼십 대 초반의 젊은이였다. 그의 이름은 왕촨푸(王傳福). 심천에서 작은 배터리 공장을 운영하는 비야디(BYD, 比亞迪)라는 상호의 사장이 그였다. 혹시 어디서 들어본 이름 같지 않은가? 비야디그룹의 창업자라면 혹시 기억나실지도……

그는 2007년 이후 배터리 분야에서 세계 1, 2위 기업을 일구어내는 것을 시작으로 2016년에는 어느 누구도 찬성하지 않던 전기자동차 분야에 진출해 이 분야에서 가장 많은 판매 대수를 기록하는 성공신화를 일궈낸 주역이다.

그러나 아직 32세 나이의 이 젊은이는 심천에서 그렇고 그런 중소 배터리 공장을 운영하는 무명인에 지나지 않았다. 그런 것을 그의 행적을 잘 기억하고 있던 태호에 의해 오늘날 뜻밖의 행운을 거머쥐게 된 것이다.

즉, 그는 전자공장에 투자할 돈이 전무한 상태이므로 태호가 그에게 차용증을 받고 200억 원을 빌려주었다. 그리고 그는 그 돈으로 금번 전자제품 합작명인 삼원-BYD 전자회사를 설립할 수 있었던 것이다.

이 합작 회사에서 그의 지분은 45%였다. 총자본금 400억 원 중 180억 원을 이 전자회사에 투자한 것이다. 그런데 여기서 문제가 되는 것이 지분 비율이었다. 항공기나 자동차같이 첨단 업종으로 중국 당국이 생각하는 업종은 절대 이런 비율을 허용하지 않았다. 무조건 50 대 50을 강요한 것이다.

그러나 전자 공장 같이 벌써 외국인의 투자가 많고 최첨단이라 생각지 않는 분야에 대해서는 중국 당국도 융통성을 발휘하고 있어 이런 비율의 합작 공장이 설립될 수 있었던 것이다.

아무튼 위의 상호 명에서 알 수 있듯 비야디(BYD)는 중국 기업에는 흔치 않은 영문 이니셜 사명이다. 공식적으로는 중국 사명 比亞迪의 이니셜, 'Build Your Dreams'의 약자라 말하지만, 이 기업이 시작할 당시에는 없던 해석이다.

왕첸푸는 사업 초, 중기 기업명의 의미를 'bring you dollars'라며 농담으로 설명하기도 했다 한다. 아무튼 태호는 그를 보자 반갑게 악수를 건네며 말했다.

"번거롭게 해서 미안하오."

"아닙니다. 회장님이 아니었으면 어찌 제가 50만 평에 이르는 나대지를 앞에 놓고 꿈을 펼칠 수 있는 영광을 안았겠습니까?"

겸손한 그의 말에 태호는 다시 한번 미소를 지으며 그의 등을 두드려 주었다. 그리고 물었다.

"문제가 될 것은 없소?"

"현재는요."

"그런데 나에게는 문제가 좀 있는데?"

"네?"

"주석님 말씀이 우리가 처음 합작을 계획한 고화질 TV, 냉장고, 세탁기 외에도 품목을 더 추가해 합작 공장을 운영해 달라 하시더군."

"그래서요?"

"주석님이 품목을 댄 것만도 이렇소. VCR, 전자레인지, 오디오 등이오."

"아, 아쉽다."

"뭐가 아쉽습니까?"

"만약 제가 그 자리에 끼어 있었다면 배터리 공장도 한 품목으로 끼워 넣어달라고 청하는 건데."

"아쉬운 대로 내가 건넨 20억 원이 있잖소. 나는 그 돈만으로도 당신이 충분히 성공하리라 보오."

"회장님은 처음부터 저를 너무 믿으시는 것 같습니다."

"아니면 내가 이 합작 공장의 사장으로 내정할 리가 없잖소?"

"허, 이것 참. 기쁘기는 하나 부담되는 것도 사실입니다."

"됐고, 주석님 말씀 외에 딱 한 품목만 더 추가합시다. 에어컨이오. 소득이 늘어날수록 에어컨도 가정의 필수품으로 자리 잡을 테니까."

"그럼 총 일곱 품목을 생산하는 것입니까?"

"아니지. 당신이 운영하는 배터리 공장까지 여덟 개 품목!"

"정말이십니까?"

"그렇소. 그리고 정 배터리 운영 자금이 필요하면 언제든 말하시오. 그 대신 내 지분으로 45%를 넘겨줄 각오를 하고."

"지금 당장 20억 원만 더 주십시오. 그러면 빠른 시일 내에 세계 일류 회사로 키워내겠습니다. 그 대신 제 지분 45%는 떼어드리도록 하겠습니다."

"괜한 말을 했군."

일단 썰렁한 농담을 건넨 태호가 따라 웃지 않는 그를 보고 말했다.

"그렇게 하도록 합시다."

"감사합니다, 회장님."

고개를 끄덕이며 건성으로 그의 인사를 받은 태호는 시선을 전방으로 주며 물었다.

"공장 용지는 충분하지요?"

"네, 회장님."

"장래 확장을 위해 충분한 용지를 확보해 두었더니 조기에 공장으로 가득 차게 생겼군."

"시 당국에 서류를 접수시키며 바로 공장 건설에 들어가도록 하겠습니다, 회장님."

"부탁하오."

"네, 회장님."

태호가 말을 하며 새삼 손을 내밀자 왕찬푸는 두 손으로 그의 손을 맞잡으며 고개를 조아렸다.

이 모습을 시종 옆에서 지켜보던 쩡칭홍이 태호에게 물었다.

"내가 도울 일은 없소?"

"네, 주임님."

태호 입장에서는 있어도 웬만한 문제는 말을 안 할 판이다.

그가 가벼운 것을 도와줘도 그의 머리에는 한 건으로 잡을 개연성이 크기 때문에 큰일에나 도움을 요청할 생각으로 더 이상 생각할 것도 없이 답한 것이다. 아무튼 이렇게 왕찬푸와 협의를 끝낸 태호는 곧장 공항으로 이동해 쩡칭홍마저 자신의 자가용 비행기에 태워 북경으로 보냈다.

그동안 북경지사장은 바쁘게 움직여야 했다. 주거래 은행으로 가서 100만 달러를 찾아다 북경 삼원호텔 VIP룸에 갖다 놓아야 했기 때문이다. 100만 달러면 이 당시 한화로 17억 원이 넘는 돈이다.

사람이 전(錢) 공세를 펼 때도 쩨쩨하게 굴어서는 안 된다. 상대의 기억에 남을 만큼 강렬해야 그 효과가 오래가고, 부탁하는 일의 성취 가능성도 높기 때문이다. 아무튼 이런 생각으로 전질을 한 태호는 당분간 상해그룹 호텔에 머물며 모처럼 효주와 함께 망중한을 즐겼다.

그러나 태어나길 일복을 타고난 건지 태호의 휴식은 그렇게 오래가지 못했다. 단 이틀 만에 쩡칭홍으로부터 연락이 온 것이다.

'민항총국이 삼원과 공동으로 설립하는 항공사에 서안을 거점 도시로 하는 운항권 허가 지시를 내렸다'고.

이에 태호는 곧 이곤붕을 삼원호텔로 불러들였다. 마주 앉자마자 그가 물었다.

"어떻게 되었습니까, 회장님?"

"성공했소."

"역시 회장님은 대단하십니다."

엄지까지 치켜드는 이곤붕을 보고도 태호는 담담한 얼굴로 물었다.

"5억 달러는 있소?"

"네? 합작 대금입니까?"

"그렇소."

"너무 많은 것이 아닌지……."

"아니면 다른 사람을 구하겠소. 설립 인가 요건이 삼원과 합작하는 법인이라 했으니 우리 입장에서는 여지가 많소이다."

태호가 여유 있는 자세로 느긋하게 말하자 이곤붕은 초조한 안색으로 머리까지 굽히며 즉답했다.

"당장 구해오겠습니다."

"좋소."

이렇게 되어 총 10억 달러를 자본금으로 하는, 양측 지분 50 대 50의 서안을 거점 공항으로 하는 곤붕-삼원항공이라는 항공사가 그로부터 보름 후에 출현하게 되었다.

『재벌 닷컴』 7권에 계속…

초대형 24시 만화방

신간 100%, 샤워실, 흡연실, 수면실(침대석), 커플석, 세탁기 완비

▪ 광명 광명사거리역점 ▪

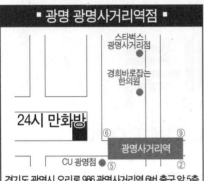

경기도 광명시 오리로 986 광명사거리역 6번 출구 앞 5층
02) 2625-9940 (솔목타워 5층)

▪ 강북 노원역점 ▪

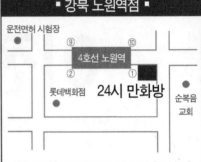

서울 노원구 상계동 340-6 노원역 1번 출구 앞 3층
02) 951-8324 (화용빌딩 3층)

▪ 일산 정발산역점 ▪

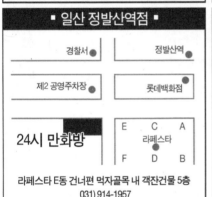

라페스타 E동 건너편 먹자골목 내 객잔건물 5층
031) 914-1957

▪ 일산 화정역점 ▪

경기도 고양시 덕양구 화정동 984번지 서일빌딩 7층
031) 979-4874 (서일사우나 건물 7층)

▪ 부천 역곡역점 ▪

역곡남부역 기업은행 건물 3층
032) 665-5525

▪ 부평역점 ▪

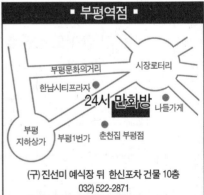

(구) 진선미 예식장 뒤 한신포차 건물 10층
032) 522-2871